NADIA SCHLUTER

DANS VAN EEN DODENBEZWEERSTER

novum ◢ pro

Dit boek is ook als
e-book
verkrijgbaar.

© 2024 novum publishing

ISBN 978-3-99146-957-5
Geredigeerd door: Bram Slembrouck
Omslagfotos en Auteursfoto:
Nadia Schluter
Ontwerp omslag, lay-out & typografie:
novum publishing

www.novumpublishing.nl

Print product with financial
climate contribution
ClimatePartner.com/16547-2311-1001

"Denn die todten reiten schnell"
"For the dead travel fast"

Bram Stoker's Dracula

3 OKTOBER, HET JAAR 1854

De heldere gloed van het oplichtende maanlicht gaf stukjes van het woud prijs toen ik er die avond doorheen liep.

Schuw maar oplettend vervolgde ik mijn pad door hoge varens die vochtig waren door de regenval die eerder had plaatsgevonden. Zo nu en dan viel er een grote druppel van de nog vochtige bladeren die het struikgewas naar vers hooi deed geuren. De combinatie van geuren was een sensatie die me altijd het gevoel gaf dat ik opleefde. De muffe geur van zompig mos, de schimmels die op de dode bladeren groeiden, de stinkzwammen.

Het werkte kalmerend op mijn onrustige stemming. Het rook er naar de dood en tegelijkertijd naar het leven.

Bewust liet ik zo nu en dan een vlaag van mijn eigen feromonen achter op de knoestige oude boomstammen als ik er langsliep. Een voorzichtige aanraking van huid op doorleefd hout zorgde ervoor dat ik in een korte momentopname alwetende kennis in me opnam.

De kennis van dit oeroude woud, wat het gezien had en wat het nog steeds zag. De bladeren ritselden zacht in de wind en fluisterden elkaar geheimen toe. Onderling zouden ze eeuwig bewaard worden, maar niet als het aan mij lag.

Ook ik wist en zag dingen, niet zomaar omdat ze een simpel gegeven waren, maar omdat dit in mijn genen geschreven stond.

Een erfelijkheid van duizenden jaren terug die me in staat stelde verder te kijken dan wat het oog prijsgaf. Een leer die generaties lang doorgegeven werd.

Ik keek verder dan de werkelijkheid en zag wat daarachter schuilging: Het occulte. Dat wat bovennatuurlijk was of verborgen moest blijven.

Sommige van die dingen wilde ik niet zien, maar als je ze eenmaal zag kon je ze niet meer verbloemen.

Dan kwam de harde realiteit aan bod dat de wereld een akelige plek was, waar constant gevaar op de loer lag voor zij die niet geloofden en zij die ze niet wilden zien.

Er hing een dichte laag mist boven de grond, afkomstig van de fauna en flora die net zoals ik doorweekt was geweest.

Een witte, stilstaande waas die de setting spookachtig deed aanvoelen.

Haren kleefden tegen mijn koud geworden huid, maar ik had er amper erg in. Zonder te schuilen voor de regen, die als een stortvloed op me was neergekomen had ik besloten om vanavond door te lopen.

Over het algemeen hield ik niet van water of van nat worden, dus dit was een statement an sich.

De muren waren op me afgekomen en in een opwelling van emoties, die standhielden tussen woede en verdriet, was ik door het openstaande raam gekropen en het duister ingevlucht. Die alles overstemmende stilte was precies wat ik nodig had om na te denken over mijn volgende stap in deze aaneenschakeling van nare gebeurtenissen.

Ik voelde een zwaar, neerdalend gevoel van onheil de kop opsteken toen ik uren later een zwak straaltje licht tussen de hoge bomen zag opdoemen...Thuis.

Wat had ik nu echt bereikt in de uren die de avond in nacht veranderd hadden? Niets, was de keiharde conclusie.

Soms kon je geen hulp aanbieden aan mensen die geen hulp wilden.

Ze moest het zichzelf maar uitzoeken dacht ik koppig toen ik honderd meter voor de houten hut in het natte gras ging zitten.

Niet goedschiks, dan maar kwaadschiks.

Ze zou zich ondertussen wel ongerust over me gemaakt hebben, dacht ik en die gedachte stemde me vreemd genoeg opgewekt.

Ik hoorde haar stem nog nagalmen in mijn hoofd.

Eerder had die als een echo tussen de bomen weerkaatst.

Zij had bezorgd naar me geroepen en in paniek naar me gezocht, maar ik had de tijd bewust tergend langzaam laten verstrijken, totdat ze de hoop had opgegeven.

Nu zou ik mijn entree zo onverschillig mogelijk maken en dan zou ze spijt als haren op haar hoofd hebben. Daar was ik wel zeker van.

Mijn nachtelijke ontsnapping had immers wel lang genoeg geduurd. Ik wilde me opkrullen tussen wollen dekens voor het knetterende vuur en me opwarmen.

Mijn lichaam verdiende warmte, mijn oude ziel des te meer.
De versleten treden naar de veranda waren hun tijd lang voorbij
en het wegrottende hout kraakte onder mijn lichte gewicht.
Behendig als ik was, kroop ik door het openstaande raam terug
naar binnen, die bekende warmte in die diende als mijn thuis.

Ik was nog niet goed en wel binnen toen ik haar woest op me hoorde
roepen. "Smerig verdomd beest dat je bent ... Ondankbaar stuk el-
lende! ... Kat uit de hel!
Ik heb me zo'n ontzettende zorgen om jou gemaakt." Ze barstte
uit in een hevig en onafgebroken snikken.

Ik schrok niet eens toen ze op me afstevende, me optilde en haar
betraande gezicht diep in mijn natte vacht duwde.

Ze omhelsde me met de kracht van het leven, maar met een blik
over haar schouder zag ik nog steeds dat verdoemde, opengeslagen
boek op tafel liggen, verlicht door kaarslicht en ik wist dat ze meer
interesse had in de dood.

Ik spartelde tegen en voelde de woede wederom terugkeren als
een ontwaakt vuurtje waar plots verse lucht bij kwam.
Ze liet het niet toe.
Haar glimlach die de tranen en het verdriet doorbrak, maakte me
week tot diep in mijn binnenste.
Haar stem verbrak de korte stilte die tussen ons in had gehangen.
"Malle poes dat je bent, gek beest van me. Loop nooit meer bij me weg.

Ik zal een einde maken aan deze periode van intens verdriet. Dat
beloof ik je.
We zullen niet lang meer alleen zijn, jij en ik. Je bent doorweekt ...
Arm beest."
Ze legde me voor de open haard neer, in de zachte dekens die haar
moeder ooit voor haar gebreid had in betere tijden.
De tijden van het geluk, toen het kind nog een kindje was en geen
jongvolwassen vrouw die zichzelf dagelijks tergde met eenzaamheid
en tranen.
Een kindje dat geluk en tevredenheid gekend had, liefhebbende ouders
en dat nog onder de indruk was geweest van al het moois om haar heen.

Dat niet had gezien wat er in de donkere hoekjes van haar slaap-kamer schuilging. Dat niet had geweten waar ik haar al die tijd voor beschermd had als ik opgekruld aan het voeteneinde gelegen had, als een poortwachter tussen twee werelden.

Ze wist niet waarvan ik haar had willen afweren: "Het kwaad"
Het kwaad achtervolgde hen die puur van hart waren en het sloeg toe als zij zich ten einde raad bevonden.
Moeder had het onbewust het huis binnengelaten. Het had haar achtervolgd, op de loer gelegen en ongeluk in haar leven gebracht op precies het juiste moment.
Het kind had mij gevonden toen ik zelf nog klein en schuw was.
Hulpeloos en ontredderd, zonder een ouder die naar me omkeek had ik verdwaald rond hun houten huisje gelopen en op de laatste krachten die ik nog had, had ook ik gehuild.
Ik was afgewezen. Zij was het die in een overtuigende smeekbede geslaagd was hun thuis met mij te delen.
Samen waren we opgegroeid tot een onafscheidelijk stel.
Wij waren overgebleven tot het einde. Mensen kwamen, mensen gingen.

Het was tijd voor een uitgebreide wasbeurt. Ik voelde me smerig en dat was nu eenmaal iets wat niet van te lange duur mocht zijn.
Met mijn ruwe tong likte ik de hard geworden kussentjes van mijn poten. Er zaten scheurtjes en kloofjes in.
De lijnen van een levensweg vol herinneringen. Ook ik werd ouder.
Het kind nam weer plaats aan tafel. Ze keek schuldbewust naar me.
Keek ze eigenlijk wel naar mij? Haar gedachten leken elders.
Vlug draaide ze zich om, mijn doordringende blik afwerend omdat ze wist wat die betekende.
Zij wist dat ik het wist.
Langzaam begon ze hardop uit het boek te lezen.
Dat smerige, verdoemde boek ...
Er hing een constante, duistere waas omheen die een mens met het blote oog niet kon waarnemen. Ik kon dat wel en het duizelde me voor mijn geestesoog.

Dat boek was het kwaad zelf en het wilde gelezen worden, beoefend en bestudeerd. Het liefste van alles wilde het gebruikt worden voor doeleinden die in de regels van deze wereld verboden waren.

Er kwamen misselijkmakende trillingen van af die me steeds opnieuw wisten te vermoeien. Ik was mezelf niet meer, niet meer constant op mijn hoede, en dat beangstigde me. Sinds het kind dat boek in huis had toegelaten, was de gehele toestand verslechterd voor zowel haar als mij.

Het hoorde hier simpelweg niet en er kwam een dreiging van af.

Het kind oefende en maakte fouten toen ze de lastige woorden oplas.

Gelukkig maakte ze fouten. Ik kon alleen maar hopen dat zij deze kennis niet meester zou worden.

Dat dit boek, een onderhandelingsmiddel van het kwaad, geen vat op haar kon krijgen en de sluier tussen het hier en nu zou opheffen.

Hetgeen daarachter schuilging wilde zich maar al te graag vergrijpen aan het leven.

Het zou niet meer loslaten ...

7 JANUARI, HET JAAR 1852

In gedachten verzonken liep ik langs de enige kerk in het dorp. Het gebouw, gemaakt uit kloostermoppen, torende hoog boven de rest van de armoedige huizen uit en het sobere kruis maakte een vreemde, maar dreigende indruk.

Het weer was rampzalig die dag, net zoals mijn stemming. De wind danste wild door mijn donkerbruine lokken, die hevig achter me aan wapperden.

De harde regen vertroebelde mijn zicht, maar spoelde mijn zorgen echter niet weg. Mijn hoofd overspoelde met gedachten aan het verre verleden, dat nog zo dichtbij leek. De troosteloze gedachten aan wat ooit was, namen me zo in beslag dat het mijn hele wezen aantastte. Wie ik was, wie ik ooit had willen zijn.

De illusie die ik mezelf voorhield, was dat ik te allen tijde alert moest zijn, aangezien ik niet onschendbaar was. Althans dat hield ik mezelf voor.

Vandaag was ik niet aandachtig genoeg geweest om op de kleine details te letten.

Die simpele kleine dingen die mijn dag een stuk aangenamer hadden kunnen maken, had ik over het hoofd gezien.

De kerkklok sloeg zijn zware wijzers naar 1 uur en vergezelde dit met een aanzwellend luiden, waarvan ik wakker schrok uit mijn gedachten.

Een grote menigte dorpelingen, waarvan de gezichten op mijn netvlies gebrand stonden – hoe kon het ook anders na wat er gebeurd was – verzamelde zich op het plein voor de kerk. Jonge dames in beeldschone korsetten, met daaronder hoepelrokken.

Sommigen van hen droegen een gepoeierde pruik.

Een aantal van hen had een kind aan de hand, de meesten vergezeld door hun knap uitziende partners.

Ik wilde me snel en ongezien uit de voeten maken, maar die hoop was al snel vervlogen.

De menigte staakte hun haastige onderlinge gesprekken en staarde me aan. Een enkeling fluisterde iets wat ik niet kon en niet wilde horen.

Hun valse blikken lieten me niet los en snel wendde ik mijn gezicht naar de grond. Nee, niet vandaag. Vandaag had ik er de kracht niet voor ...

Al snel begon het gejoel. De een spoorde de ander aan en het ging als een lopend vuurtje.

De woorden raakten me niet meer, omdat ze betekenisloos leken tegenover alles wat ik in mijn jonge leven had moeten verduren.

Dat betekende echter niet dat het me onaangeroerd liet. Het maakte me kwaad, woedend zelfs, na alles wat ze veroorzaakt hadden.

"Smerige heks! Dochter van Satan! Hellehond die je bent! Kruip terug naar dat donkere hol waar je woont!"

Nee, niet vandaag. Vandaag hield ik wijs mijn mond, want moeder zei altijd: als je niets aardigs te zeggen hebt, zeg dan niets.

Houd de eer te allen tijde aan jezelf.

Een felle pijnscheut trok plotseling door de linkerkant van mijn gezicht en toen ik mijn vingers ophief om naar de pijn te grijpen, zag ik dat ze dieprood gekleurd waren. Ik bloedde. Afijn, tenminste een teken van leven ...

Een aantal dorpelingen waren intussen alles binnen hun handbereik naar me toe aan het gooien en ik zag dat ik was geraakt door een steen met scherpe randjes.

Ironisch genoeg leek het gehele tafereel wel op een steniging, zoals ik daar gehurkt en gepijnigd op de grond zat met een joelende menigte die steeds dichterbij kwam.

Het werd licht in mijn hoofd en de klinkers van de straat leken een eigen leven te leiden voor mijn ogen.

Het was een misselijkmakend gevoel en het enige wat ik wilde, was dat het zou eindigen, dat ik wakker zou worden in de bedompte maar vertrouwde duisternis van mijn slaapkamer, waar ik mijn tranen kon laten vloeien in stilzwijgen.

Ik sloot mijn ogen en drukte mijn handen tegen beide oren.

Plots voelde ik warme handen op mijn schouders en keek ik angstig omhoog. "Violet, is alles in orde? Jeetje, je bent flink aan het bloeden. Dit kan zo niet meer verder. Je moet het ze niet toelaten, Violet. Ik kan het niet meer aanzien."

Verwilderd staarde ik in het gezicht van Harvey, die ik enkel kende omdat ik zo nu en dan benodigdheden bij hem haalde op de plaatselijke markt.

De eenling die altijd vriendelijk was en die het niet deerde wat een ander ergens van vond. Harvey keek om zich heen met een blik die zelfverzekerdheid uitsprak zonder woorden.

Het was stil om ons heen geworden ...

De menigte leek hoopvol om weer een roddel te zien ontvouwen recht voor hun ogen. Een roddel over de heks en de dorpsgek die haar hielp, zou hen wel een paar dagen bezig weten te houden, zodat ze niet over hun eigen betekenisloze levens hoefden na te denken.

"Jullie zijn onwetend. Het is walgelijk hoe jullie met je eigen soort omgaan", sprak Harvey luid en duidelijk.

"Jullie zijn de verantwoordelijken die haar leven tot een ware nachtmerrie gemaakt hebben en jullie besluiten, koste wat het kost, om daarmee door te gaan.

God vergeve jullie zielen, want voor sommige mensen is er een speciaal plekje in de hel gereserveerd."

Een van de dames begon hysterisch te lachen en antwoordde: "De hel? Daar weet dat loeder op de grond alles van, toch?

Het is zij die met de duivel heeft gelegen, zij die het heeft afgekeken van haar moeder. Spreek niet van onze soort, jongen, want zij beoefent de duistere magie en zal hem meester worden, net zoals Irma. De appel valt niet ver van de boom!"

De menigte om haar heen knikte instemmend en het geroezemoes stak weer de kop op.

Ik weet niet wanneer het precies mis ging, maar op dat moment leek het alsof ik van een afstand toekeek hoe een ander mijn lichaam en mijn stem overnam.

Ik hoorde mezelf krijsend schelden.

Hoe durfden ze de naam van mijn moeder op zo'n verachtelijke manier in de mond te nemen?

Leugens waren duivels en ze verdraaiden waarheden die anderen klakkeloos aannamen zonder moeite te doen voor mogelijke bedenkingen.

Een mengeling van woede en paniek benam me de adem en dit veroorzaakte kortsluiting tussen mijn hoofd en mijn lichaam. In een fractie van een seconde raakte ik mijn bewustzijn kwijt en het werd duister voor mijn ogen.

Ik werd wakker van een zacht gebrom en werd me gelijk bewust van de bonkende pijn die mijn hoofd teweegbracht.

Het duurde even voordat de draaierigheid was verdwenen en ik niet alles in viervoud zag.

Het besef drong tot me door dat het zachte gebrom dicht bij mijn oor afkomstig was van Widow, wiens snorharen mijn gezicht kriebelden.

Ik voelde de warmte van haar adem, die zachtjes en met korte haaltjes tegen mijn huid stootte. Ze had al die tijd bij me gelegen, over me gewaakt zoals ze dat al die jaren eerder al had gedaan.

De kat week geen moment van mijn zijde en ik voelde een aangenaam gevoel van veiligheid dat gestaag terugkeerde in mijn onrustige lijf.

Ik was wakker geworden in de kleine en compacte woonkamer van de houten hut.

De kruiden die ik eerder die ochtend verzameld had, hingen te drogen in bundeltjes aan een touw voor het raam.

Iemand had me ingestopt in de wollen dekens van moeder en had me op de zetel neergelegd.

Plots hoorde ik geschuifel en een verplaatsing van houtblokken die met een sikkel naar de oplaaiende vlammen werden gebracht.

Er volgden stemmen die op onrustige toon met elkaar in gesprek waren.

Kreunend draaide ik mijn hoofd die kant op, om te zien dat Harvey, net zoals Widow, geen moment van mijn zijde geweken was.

Het was een vreemde gewaarwording voor me dat er iemand was die genoeg om me gegeven had om bij me te blijven en zorg voor me te dragen.

Iemand voor wie ik een volslagen vreemde was, buiten de paar korte maar verplichte zinnen die we wekelijks aan elkaar overdroegen op de markt.

Een onwennig gevoel, omdat Vader de enige was die zich al mijn hele leven om me bekommerde.

"Je kunt haar niet alleen op pad laten gaan, William.

Je hebt weet van jullie status in het dorp.

De mensen verachten haar en op een dag loopt het verder uit de hand. Je mag nog van geluk spreken dat ze er zo goed van is afgekomen ...", hoorde ik Harvey op een kwade toon tegen vader spreken.

Vader had zijn blik al die tijd naar de grond gericht. Bedachtzaam veegde hij met zijn olijfkleurige, knokige vingers onder zijn neus.

Een zenuwtik waaruit bleek dat William ofwel beschaamd was, of zich klaarmaakte voor een hevige discussie, waarin de tegenstander geen weerwoord kon bedenken dat goed genoeg was tegenover zijn vastberadenheid.

"Ik heb haar zo opgevoed, Harvey.

Als een zelfstandige jongedame, die sterk in haar schoenen staat en weerbarstig is tegen hetgeen het moeilijke leven haar te bieden heeft.

Wij laten ons niet klein krijgen door wie ons niet heeft grootgebracht. Knoop dat goed in je oren, jongeman! Ik weet zelf wat het beste is voor mijn dochter.

Ik laat mij de wet niet voorschrijven in mijn eigen huis nota bene.

Dank dat je mijn dochter goed en wel thuis gebracht hebt, maar ik vraag je nu om te vertrekken. Je vindt zelf de uitgang wel vermoed ik zo."

"Maar vader ... ", opperde ik.

"Violet wees stil. Mijn wil zal geschieden ..."

Harvey stond op, knikte verlegen en met een rood aangelopen hoofd naar vader en kneep in het voorbijgaan even zacht in mijn schouder. "Het ga je goed, Violet", fluisterde hij en hij verdween uit het zicht.

Vader stond op van zijn zetel en hurkte bij me neer. Zijn ogen zochten betekenisvol naar de mijne en hij pakte mijn koude handen in de zijne.

"Vader, ze zijn niet allemaal hetzelfde. Misschien moeten we hem het voordeel van de twijfel geven. Hij heeft me hulp aangeboden toen ik het hard nodig had. Je had niet zo streng hoeven zijn."

"Mijn lieve kind, de vreedzaamheid van de mens is oneindig. Juist diegenen aan wie je je hart en ziel toevertrouwt, zullen je op den duur beschamen in het vertrouwen dat je in hen had.

Stille wateren hebben diepe gronden. Je weet hoe het met je moeder is afgelopen."

Zijn stem stierf weg en ik kon een vluchtige glinstering in zijn ooghoeken herkennen. "Je moeder was een goed mens", ging William verder.

"Ze deed wat ze kon voor eenieder die het vroeg. En wat bracht het haar?"

Ik wendde mijn blik af. Ik wilde hier niet over nadenken.

"Wat bracht het haar, Violet?" herhaalde vader ...

"Ik wil het je hardop horen uitspreken. Ik wil dat je het begrijpt."

"De dood ... ", antwoordde ik.

De mensen in het dorp verafschuwden me en ze hadden me van kleins af aan beschuldigd van hekserij. Het was dezelfde vage

17

beschuldiging waardoor mijn moeder aan het einde van haar nog jonge leven was gekomen.

Het was een dag geweest om nooit meer te vergeten, al had ik er maar de helft van meegekregen. Volgens vader was ik diegene die van geluk mocht spreken.

Hij was het die gedwongen werd om toe te kijken hoe zijn vrouw aan het lot overgelaten werd toen ze haar ledematen aan elkaar hadden vastgebonden en haar naakt in de diepte van de rivier hadden gesmeten.

Op de bodem van die haast eindeloze diepte hadden haar longen zich gevuld met ijskoud water en haar laatste lucht verdreven.

De menigte rondom de oever had hoopvol staan kijken totdat ze weer was komen bovendrijven, tegen beter weten in.

Toen dit niet gebeurde keerden ze mijn rouwende vader onbeschaamd de rug toe, alsof het niets was ... Betekenisloos.

Ook mijn moeder Irma was een mens van vlees en bloed geweest.

Een mooi mens, dat een kind had grootgebracht, een gezin had onderhouden en zware tijden altijd zonnig tegemoetgezien had.

Destijds was men ervan overtuigd geweest dat zij die zich overgaven aan duistere machten zouden blijven drijven.

De waterproef was een bekend fenomeen geworden, net zoals de heksenwaag waarmee ze moeder van tevoren ook hadden getergd.

Een heks zou namelijk veel lichter zijn dan een normaal mens.

Was er een eerlijke weging geweest?

Vermoedelijk niet. Men had een pleurishekel aan de familie gekregen en vooral aan moeder.

Irma was wat ze in de volksmond een 'witte heks' noemden.

Een vrouw die zich vooral bezighield met het kweken van planten en kruiden en geloofde in hun helende werking.

De energie en de kracht van de natuur stonden hoog in het vaandel in haar geloof. Moeder beoefende 'witte' spreuken, die enkel en alleen werkten als de ander erin meeging met een open geest en vrije wil.

Men kwam naar haar toe als ze vruchtbaarheidsproblemen ondervonden of als ze een kwalijke gezondheid hadden waarin geen verbetering meer verwacht zou worden.

Er vonden rituelen plaats, die afwisselend onder de wassende maan en de afnemende maan gedaan werden.

Dit was afhankelijk van het feit of de persoon in kwestie iets wilde aantrekken in zijn of haar leven, of iets wilde afstoten.

De overgangsrituelen waren zuiver en puur en ze werden beoefend door een vrouw met een goed hart.

Een fel licht in donkerder tijden ...

Irma had haar handen nooit gebrand aan het occulte en het beheren van donkere magie. Desalniettemin geloofde ze er wel in en was ze een vrouw van bijgeloof.

Zij kreeg boodschappen door van de oude wilgen, de fluisterende bladeren of de vogels die hun zang door het woud lieten klinken.

Irma hoorde de toekomst of zag dingen die nog moesten plaatsvinden in de tegenwoordige tijd als heldere visioenen ... Scherp en visueel.

Vaak dienden die als een waarschuwing, waarmee ze een ander probeerde te helpen als de persoon in kwestie daar voor openstond.

Er waren mensen geweest die de wanhoop nabij waren en Irma vertrouwden met het laatste beetje kracht dat zij bezaten.

En voor vele mensen was Irma van betekenis geweest.

Het lukte haar keer op keer omdat ze mooi was vanbinnen, omdat ze goed was. Natuurlijk duurde het niet lang alvorens het nieuws van de vrouw, die zowel heler als ziener was, zich in het dorp verspreidde.

En zoals eenieder kan raden was niet iedereen te spreken over dit nieuws.

De kletspraatjes over de heksenvervolgingen verspreidden zich van dorp tot dorp als een laster, een smet op de kleindenkende mensen.

En die geruchten werden complete verhalen in de hoofden van mensen die alles voor waar aannamen wat hen voorgekauwd werd.

Het was dan ook de goede oude dominee van de kerk geweest die begon met de kwaadsprekerij en zijn parochie overtuigde van de godslastering waaraan Irma zich schuldig zou maken.
Zij die Irma opzochten of in contact met haar kwamen, hadden hun eigen lot getart en bezegeld.
Er moest liever vroeger dan later een einde komen aan deze blasfemie, voordat het gehele dorp vervloekt was.
Hij was als de slang uit de bijbel die omlaag kronkelde langs de boom en bij mensen verleidelijke ideeën in het hoofd smiespelde.
Nee, die vreselijke man was geen uitverkorene van God geweest die Zijn woord aan de mensheid doorgaf.
In plaats van een hart had de man een donker gat op die plek zitten, een oneindige put vol leugens en hebzucht naar macht.
Het hoge woord was eruit, de beslissing gemaakt.
Irma's dood was voltrokken.
Er was namelijk maar één iemand die voor God mocht spelen.

Tranen prikten achter mijn netvliezen en vulden de randjes van mijn ogen tot ze uiteindelijk overliepen.
Ik zag het weer voor me, alsof ik het op dit moment beleefde.
Het was anderhalf jaar geleden …

Ik zag mezelf voor het raam staan toen ik vader hoorde vloeken en tieren buiten. Hij had zijn jachtgeweer vast gehad en zwaaide er wild mee in het rond toen de horde langzaam van alle kanten uit het woud tevoorschijn kwam die avond.
Men was gewapend met hooivorken, fakkels en zeisen in de hand.
Zijn stem, waarin angst en emotie doorklonk, brak met momenten.
Zo had ik vader nog nooit eerder meegemaakt.
Hij was een rustige, grijzende man met diepbruine ogen, die te allen tijde ruimte maakte voor zijn gezin.

Die zijn dochter spannende verhalen voorlas voor de open haard terwijl ze op zijn schoot was gekropen.

Die haar nota bene zelf had leren lezen terwijl moeder haar kennis van het woud met haar deelde.

Beiden hadden hun eigen krachten. Hun eigen normen en waarden, waarvan vriendelijkheid naar een ander bovenaan stond. Die openbaring buiten was verre van vriendelijk.

Moeder trok me wild weg bij het raam omdat zij het wist ... Zij had geweten waarvoor ze waren gekomen, gezien de wind die uit het woud gewaaid was die nacht als een fluistering door haar openstaande raam was gekropen om haar te kunnen bereiken.

Als een kille bries had het moeder haar eigen dood toegesproken en zij had het geaccepteerd omdat de toekomst niet veranderd kon worden.

Het stond geschreven in Gods wil zoals het moest gebeuren en God was niet altijd eerlijk ...

"Hun straf komt nog wel mijn kind", huilde moeder zacht, mij gevangen in een omhelzing die de laatste tussen ons zou zijn.

Het volgende wat ik me kon herinneren, was dat die omhelzing van korte duur was. De deur van de hut werd met kracht uit zijn scharnieren gerukt.

Harde voetstappen, houten traptreden die het leken te begeven en handen die moeder grepen.

Handen die mij lostrokken uit een innige aanraking die eeuwig had mogen duren.

Had ik maar nooit losgelaten ...

TUSSEN DE JAREN 1843 EN 1854

In de periode die daarop volgde, was de herinnering aan de dood van moeder een blijvende smet op onze harten.

Vader was veranderd in een eenzame man die zijn levenslust verloren leek.

Alle vreugde die zijn ziel ooit gekend had, was verloren gegaan bij die ene noodlottige dag en had plaatsgemaakt voor die alles overstemmende leegte die nooit meer opgevuld kon worden.

Zijn pientere donkerbruine ogen die vroeger altijd ondeugend en speels leken, stonden nu altijd droevig.

Desalniettemin deed hij zijn best om dat verdriet in mijn bijzijn binnen te houden en liet hij zijn tranen vloeien op momenten dat hij dacht alleen te zijn.

Soms hoorde ik zijn verstikte snikken dwars door de dunne houten deur heen die onze slaapkamers van elkaar scheiden en kon ik niet anders dan meegaan in dat verdriet.

Op jonge leeftijd overtuigde dit alles me dat de liefde het niet waard was om zo intens te lijden.

Liefde was datgene dat je zo ver mogelijk van je weg hield, zodat je jezelf kon beschermen voor de pijn die onverbiddelijk zou komen en je losrukte vanuit de droom naar de harde realiteit van het leven.

Toch zou ik een leugen vertellen als ik mezelf voorhield dat het alleen maar slechte jaren waren geweest.

Er waren kleine geluksmomenten ...

Samen waren we hecht geworden op een manier waar veel mensen alleen maar op konden hopen in de relatie met hun ouders.

Vader en ik deelden dezelfde interesse in boeken vol avonturen in verre werelden, die ons even deden vergeten wie we waren en hoe simpel we leefden.

Zo leefden we meerdere levens, reisden we zonder ons te verplaatsen en droomden we zonder grenzen.

Dat was de veelzijdigheid die boeken aan je leven toe konden voegen, zonder dat je er erg in had.

We weken niet van elkaars zijde. We deden samen wat er moest gebeuren en dat deden we in harmonie.

Samen gingen we naar het kleine lokale winkeltje in het dorp, dat naast levensmiddelen ook af en toe boeken verkocht.

Achter de balie was een bescheiden houten plank aan de muur bevestigd, waar zo nu en dan een aantal nieuwe titels aan werden toegevoegd.

Het was nooit veel, maar het was tenminste iets.

Die bezoekjes gingen gepaard met vuile blikken en geroezemoes van de dorpelingen achter onze rug.

We leerden ermee omgaan, zoals je aan alles kon wennen als je er maar lang genoeg aan blootgesteld werd.

We lazen elkaar dikwijls voor onder het genot van de warmte bij het haardvuur, terwijl de ander glimlachend onderuitzakte in de zetel met een knorrende Widow op schoot.

Dan was het leven simpel, maar prachtig.

Ik leerde dat het leven bestond uit veel van dezelfde routinematige zaken en dat het juist die kleine momentopnames waren die welgemeend geluk brachten.

Men moest tevreden zijn met wat men had, zei vader altijd. Er waren altijd mensen die het slechter hadden dan jou en die een moord zouden plegen voor jouw leven.

De middagen die ik samen met vader doorbracht als we kleine klusjes aan het huis uitvoerden, op ons eigen eten jaagden en bessen, noten en kruiden verzamelden achter ons huisje in het woud waren onvergetelijk.

Ze brachten dikwijls zomaar een glimlach teweeg, vergezeld met een traan gecreëerd uit dankbaarheid.

Ik leerde veel van vader en besloot dat die kennis alles was wat ik nodig had.

Daarom had ik de 'witte magie' die ik van moeder kende ver achter me gelaten.

Vader had gezegd dat dit het beste was. De mensen zouden het niet willen begrijpen en hij wilde me koste wat het kost beschermen voor hetzelfde lot als moeder.

Hij hield me om die reden het liefste afgeschermd van de wereld, dicht bij huis waar de nare dingen me niet konden aanraken.

De liefde voor zijn dochter was diepgaander dan datgene wat hij zelfs voor zijn eigen vrouw had gevoeld.

Alles wat de mensen niet kenden of bovennatuurlijk bevonden, werd afgedaan als hekserij.

De gedachte dat vader en ik het samen zouden redden, stemde me altijd gerust.

We hadden niemand anders nodig en op die manier maakten we ons zo ook heel afhankelijk van elkaar, zonder dat we dit ooit in de gaten hadden.

Wij waren samen een geheel en hielden elkaar in balans. Zonder de een zou de ander het niet redden.

We probeerden het dorp zoveel mogelijk te vermijden.

Het was een goddeloze plek vol haatdragende mensen en we bevonden ons liever in onze eigen bubbel waar we precies genoeg van alles hadden.

Het leven in de natuur kon je iedere dag versteld doen staan van haar schoonheid en haar veelzijdigheid. Als we dan toch hoognodig iets nodig hadden of op zoek moesten naar nieuw leesvoer, dan ondernamen we de tocht ... stilzwijgend.

Ons mentaal aan het voorbereiden op de blikken, het schelden, het spugen, het roddelen.

We ondergingen het met geheven hoofd.

Veelal haalden we wat we nodig hadden bij de kraam die Harvey met zijn vader bezat. Zij waren de enige vriendelijke mensen geweest die we in het dorp kenden en zij hadden geen vooroordelen en vormden liever hun eigen mening.

Er was alweer een week verstreken sinds het voorval in het dorp. Vader had meel nodig en ik snakte naar een nieuw boek.

De in leer gebonden kaften, de geur, het geschreven woord.

Ik had in mijn gedachten gevangen gezeten, want ik had er pas erg in dat we in het dorp waren toen we tot stilstand waren gekomen voor de kraam van Harvey en zijn vader.

"Violet!" riep Harvey iets te enthousiast, waarna hij meteen inhield toen hij de blik van vader zag.

"Hetzelfde recept als gewoonlijk?" ging Harvey verlegen verder tegen vader.

Vader knikte enkel instemmend.

"Hoe is het met je, Violet? Ik heb nog veel aan je gedacht."

Ik liep rood aan en wachtte op het antwoord van vader die verrassend stil bleef.

Het was een ongemakkelijke situatie.

"Ik wilde je nog bedanken voor wat je gedaan hebt, dat je voor me op bent gekomen. Dat had je niet hoeven doen en het was een vriendelijke daad."

De vader van Harvey mengde zich in het gesprek.

"Dat is zorgen voor je medemens, Violet. Harvey is een goede kerel. Daarover gesproken: William, ik heb eens nagedacht en ik wil jullie de lange tocht vanuit het woud naar het dorp graag besparen.

Jullie zijn al jaren vaste klant en ik weet wat jullie te verduren hebben zo nu en dan. Het is onrechtvaardig en onmenselijk.

Laat ons jullie een dienst bewijzen.

Ik heb het er met Harvey over gehad en hij wil gerust eenmaal wekelijks langskomen om jullie de benodigdheden aan huis te brengen.

Hij kent het woud als zijn broekzak en wat extra beweging in de buitenlucht doet altijd goed."

Hij knipoogde vluchtig naar mij. Wat ik daar precies uit moest afleiden begreep ik op dat moment nog niet.

"Dat aanbod kunnen we niet aannemen, hoe vriendelijk dat ook mag zijn van jullie", ging William verder. "Harvey heeft al genoeg gedaan.

Tenslotte moeten we de tocht toch regelmatig afleggen, gezien we aan nieuw leesvoer moeten komen voor onze verzameling."

"Daar zorgen wij ook voor. Geen enkel probleem", ging de man onverstoord verder. Vastberaden om niet van zijn plan af te wijken.

"Toe nou William. Heb eens vertrouwen in de medemens, hoe moeilijk dat soms ook moge zijn."

"Goed dan", antwoordde vader tegen mijn verbazing in. "Ik heb mijn neus vol van dat volk hier. Als ik mijn dochter daar niet meer aan hoef bloot te stellen, dan teken ik daar voor." Harvey had mij die gehele tijd doordringend aangekeken. Op de manier zoals een verliefde jongen keek als hij voor de eerste keer gevoelens kreeg voor een jongedame zou ik later leren.

En zo kwam de afspraak tot stand ...

Eindelijk konden we het pijnlijke verleden ver achter ons laten en ons op onszelf richten, gaf vader aan op de terugweg.

Eindelijk zouden we rust hebben.

Samen zijn en dat zou genoeg zijn.

Maar dat was niet van lange duur ...

Op de ongure, mistige ochtend van 25 november 1851 werd ik namelijk niet gewekt door de warmte van de pas opgestookte haard in huis.

Van het kaarslicht dat de bekende hoekjes van onze knusse hut verlichtte of van sissende pannen met smeltend vet, waarin ons ontbijt van die dag bereid werd door vader.

Widow had onrustig aan de deur van mijn slaapkamer gekrabd.

Nee, het was akelig stil in huis ...

Het soort stilte dat je kenbaar maakte dat er iets mis was.

En er was iets mis geweest ...

Het hart van vader was gestopt en hij zou nooit meer wakker worden.

Zijn warme, krakende stem zou de ruimte nooit meer vullen met woorden vol van betekenis als hij me voorlas en ik daarbij wegdroomde.

Zijn kastanjebruine ogen zouden nooit meer geconcentreerd door de varens heen kijken als hij het wild observeerde. Zijn kennis zou niet meer beleerd worden.

Het hart kon het begeven van ouderdom, maar ik wist dat het uiteindelijk na lange tijd gebroken was door het gemis van zijn geliefde.

Ik had naar hem geroepen, op hem gescholden.

Aan hem geschud en aan hem getrokken.

Hoe had hij me zielsalleen op deze gruwelijke wereld kunnen achterlaten?

Hij had mij veel geleerd, maar niet hoe ik zonder hem moest leven.

Ik kon niet zonder hem leven.

Ik zag zijn vredige uitdrukking voor me, met die piekerige grijze haren die zijn gezicht omlijsten.

Huilend drukte ik mijn gezicht tegen zijn borst. Hij had op zijn rug gelegen toen hij die nacht zijn laatste adem had uitgeblazen en zijn favoriete boek rustte tussen zijn armen.

Het was een boek van Edgar Allen Poe, een van zijn meest geliefde schrijvers en het was opengeslagen op het gedicht *The raven*.

Vader had het zo vaak aan me voorgelezen dat ik het inmiddels uit mijn hoofd kende:

"Once upon a midnight dreary, while i pondered, weak and weary", hoorde ik de echo van vaders stem beginnen.

Hoe ironisch was het dat dit het laatste was wat vader gelezen had?

Een hartverscheurend gedicht over Edgar, die ook intens gerouwd had om het verlies van zijn vrouw.

Tranen met tuiten heb ik gejankt ... dagen aan een stuk, totdat mijn traanbuizen droog stonden en mijn oogkassen de zwelling niet meer konden verdragen.

Ik had het niet over mijn hart kunnen verkrijgen om vader onder de aarde te stoppen, ver weg, waar ik hem nooit meer zou kunnen zien of aanraken.

Het voelde alsof hij nog om me heen was, alsof hij mij niet had willen verlaten en dat zag ik als een teken.

Dag en nacht bad ik tot onze Heer en vroeg hem om mijn vader terug te geven, want hoe moest ik verder?

Maar God luisterde niet, nee, het was die ander die genoegzaam mee had geluisterd zonder mijn medeweten en die uiteindelijk de antwoorden op mijn vragen zou brengen. De duivel wacht geduldig af tot het juiste moment daar is en men op het randje van bezwijken staat.

Het lichaam van William had al die dagen onverstoord op bed gelegen, als een lege huls van wat ooit was.

Respectvol had ik hem weer recht gelegd, zijn boek opengeslagen op zijn favoriete gedicht.

Ik had het iedere nacht steeds opnieuw aan hem voorgelezen, in de hoop dat hij mijn stem hoorde en zich daaraan kon vastklampen als een leidraad terug naar huis.

Natuurlijk gebeurde er niets. De dageraad ging over in maneschijn.

Het weer wisselde zich af: het mistte en het vroor.

Het leven ging door, alsof er geen tragedie plaatsgevonden had.

Nee, ik zag het niet dat Vaders gezicht aan het invallen was en donkerder kleurde.

De duistere aderen die zichtbaar werden onder het oppervlak van zijn huid en die zich aftekenden op zijn lichaam.

De stijfheid in zijn ledematen.

Ik rook de verse geur van ontbinding niet als ik hem droevig tegen me aandrukte in een omhelzing en huilend naast hem in slaap viel.

Als ik het maar lang genoeg ontkende, dan bestond het niet en dat ik zowel mijzelf als die arme Widow verwaarloosde, zag ik niet in.

Duistere gedachten namen me in beslag.

Ze namen me compleet over en ik had geen benul meer van tijd.

Totdat ik de daaropvolgende ochtend het bekende gepiep van ongeoliede wielen het pad naar de hut op hoorde komen.

Het was Harvey, die al weken aan een stuk op dezelfde dagen, rond hetzelfde tijdstip, plichtsgetrouw onze benodigdheden kwam brengen.

Zijn verliefde blikken en lieve woorden jegens mij irriteerden me telkens alleen maar.

Ik had geen interesse in jongens, in liefde of om me te binden.

In regelrechte paniek schoot ik overeind. Harvey mocht het niet ontdekken. Hij mocht vader niet in deze toestand aantreffen.

Haastig probeerde ik te bedenken hoe ik me uit deze benarde situatie kon redden, toen ik driemaal geklop op de deur hoorde.

Wat moest ik nou in hemelsnaam!

Stijf van adrenaline bleef ik op het bed zitten.

Het levenloze lichaam van Vader naast me.

Ik keek naar hem en schrok hevig ...

Vaders gezicht was mijn kant op gedraaid en hij keek naar me.

Het leek alsof hij tot in mijn ziel staarde met die melkachtige waas voor zijn ogen en zich afvroeg waar ik in godsnaam mee bezig was.

Ik bibberde hevig en durfde me niet te verroeren.

Het was een akelig tafereel, vooral als je bedacht dat Vader al dagenlang met gesloten oogleden naar het plafond toegedraaid had gelegen.

"Vader", fluisterde ik zacht. "Vader, ben je daarbinnen?"

Geen reactie, alleen dat wezenloze staren ...

Wederom drie keer geklop op de voordeur.

"Violet, William, alles in orde? Harvey hier."

Het bleef stil vanuit onze kant.

"William, bij geen reactie kom ik zelf naar binnen. Ik heb er geen goed gevoel bij!" "Ik kom al!" riep ik zonder er erg in te hebben.

Eenmaal de deur bereikt, kon ik mijn trillende stem niet tot bedaren brengen. "Harvey, het spijt me. Ik kan helaas de deur niet voor je open doen. Vader en ik hebben het flink te pakken. We zijn behoorlijk ziek en willen je niet aansteken. Zet alles maar neer en dan lossen we het de volgende week weer op."

"Violet, ik weet niet wat er hier aan de hand is, maar mijn gevoel zegt me dat het niet goed is. Ik hoor aan je stem dat er iets niet in de haak is. Er brandt geen licht binnen en er komt geen rook door de schoorsteen zoals gewoonlijk. De hele sfeer voelt gewoon verkeerd aan. Ik zou me beter voelen als je de deur open doet. Zo niet, dan moet ik mijn Vader erbij gaan halen."

Goddomme, dacht ik, waarom ben je zo'n lastpak jongen?

"Op een kiertje dan Harvey en dan vertrek je gewoon, Vader is aan het rusten. Hij verkeert nu niet in gezonde toestand."

Ik opende de deur voorzichtig op een kier.

Widow schoot in rap tempo als een zwarte vlaag langs mijn benen heen de buitenlucht in.

Het was alsof ze noodgedwongen al die tijd gewacht had tot het kiertje licht naar binnen zou vallen door de openstaande deur en een plan uitgedacht had voor wanneer dit het geval zou zijn.

Ik kon enkel hopen dat ze me kon vergeven en dat ze zou terugkeren. Ik kon het niet aan om nog iemand te verliezen.

"Violet, wat is er met jou gebeurd?" riep Harvey bezorgd uit.

Met samengeknepen ogen en een kokhalzend geluid, dat ergens diep uit zijn keel kwam, bracht hij zijn handen over zijn neus en mond.

Met gedempte stem zei hij: "Christus te paard! Wat is dit voor een ranzige geur? Er kon daar binnen wel iets op sterven liggen!"

Op sterven liggen, dacht ik bedroefd. Er was al iemand overleden.

Voor ik er erg in had, duwde Harvey de deur verder open om naar binnen te kunnen gluren en te zien of hij kon ontdekken wat het was dat deze nare stank teweegbracht.

Op ontzette toon ging ik verder. "Blijf waar je bent, Harvey en bemoei je toch eens met je eigen zaken! Je komt hier niet binnen!"
Ik had niet in de gaten dat het buitenlicht mijn gezicht op dat moment verraadde en Harvey mijn lijkbleke, gezwollen gezicht in volle glorie kon aanschouwen.
Hij keek me geschokt aan. Ik kon meelij in zijn ogen waarnemen en wat had ik daar een hekel aan.
Toch was het vlees week en het enige wat ik nu wilde, was me in zijn armen storten. Niet omdat ik van hem hield of enigszins gevoelens voor hem had gehad.
De aanraking van een vreemde was op dit moment al een verlichting geweest.
Ik kende dit gevoel niet, maar ik dacht dat ik op zoek was naar een vorm van troost.
Alsof hij mijn gedachten kon horen, greep hij me stevig beet en hield me vast in een innige omhelzing.
Kort dacht ik aan de weinige verhalen die ik gelezen had over romantiek en de gevoelens die daarbij hoorden, maar ik voelde niets wat daarbij in de buurt kwam. "Waar is je vader, Violet? Vertel me wat er aan de hand is. Ik wil je enkel helpen. Laat me je helpen."
Ik begon zo hevig te snikken dat mijn schouders op en neer schokten en ik mijn longen niet kon voorzien van voldoende lucht.
Mijn hoofd begon te draaien. "Harvey ...", schokte ik uit. "Hij ... is dood, Vader is niet meer."
Dat laatste schreeuwde ik eruit zonder dat ik er erg in had.
Ik begroef mijn gezicht beschaamd in zijn armen.

"Ik begrijp het niet, Violet? William is overleden? Vanochtend?"
"Nee Harvey, al dagen geleden. Ik kan geen afstand van hem doen", riep ik hysterisch.

"Rustig maar. We lossen dit samen op", antwoordde hij op beheerste toon.

Alsof ik niet het diepst bedroevende had meegemaakt wat een mens kon ervaren in het leven.

Hij begeleidde me naar de zetel. Het leek alsof het duister vanuit alle hoeken zijn armen naar me uitstak en naar me greep. Alsof het nare dingen tegen me fluisterde en akelige beelden in mijn hoofd prentte.

Ik kende mijn eigen thuis niet meer en het was alsof er iets dreigends op de loer lag.

Om die reden had ik er ook geen erg in dat Harvey de kleine kamer al verlaten had en op weg was om vader te zoeken.

Dat moest niet moeilijk zijn, gezien de grootte van onze hut en de alles doordringende, penetrante stank die toenam en verraadde waar het lichaam lag. Kwaad denderde ik achter hem aan de slaapkamer in.

Verbouwereerd stond hij naast het bed. Als vastgenageld aan de grond, met zijn handen voor zijn neus, had hij zijn blik strak op vader gehouden.

Hij verkeerde in shock.

Vader lag zoals hij er al die dagen eerder bij had gelegen: met zijn gesloten ogen naar het plafond gericht.

Had ik het me dan allemaal verbeeld?

Ik wist zeker dat hij me had aangekeken, dat hij me iets had willen duidelijk maken met die spookachtige, witte ogen.

Er liep een ijskoude rilling langs mijn rug.

Moeder had me vroeger verhalen verteld over de doden en dat een ziel niet verder kon als hij onafgedane zaken op de wereld had.

Het was een eeuwigdurend lijden tussen deze wereld en het hiernamaals.

Een doelloos zwerven in eenzaamheid, terwijl de rest van de wereld om je heen het leven weer oppakte.

De doden wilden niet vergeten worden, alhoewel dat al snel gebeurde door hen die ze ooit liefhadden.

Opeens viel het me op dat er een andere doordringende geur de kamer binnenkwam. Als een warme vlaag waaide het langs me heen, terwijl alles in huis potdicht had gezeten.

De geur van rottende eieren en zwavel vulde de kamer en het overstemde zelfs de geur van ontbinding.

Harvey leek dit ook op te merken. Hij draaide zich om en gaf in gehurkte houding gal over.

Het gevoel dat er iemand achter me stond, was duidelijk aanwezig, maar er kwam ook een gevoel van onheil op me af, dat ervoor zorgde dat ik te angstig was om me om te draaien.

De temperatuur in de kamer leek ook wel een aantal graden gestegen en ik merkte dat ik het koortsachtig warm kreeg.

Dit zorgde voor een rode blos op mijn krijtwitte huid.

Weer dat gefluister in onduidelijke woorden, in een taal die ik nog nooit gehoord had. Ik kon niet bepalen uit welke richting het precies kwam.

Het was overal en nergens.

Harvey was zich nergens van bewust en keek verslagen naar de poel braaksel op de houten vloer.

De onverstaanbare woorden dansten om me heen, probeerden me te bereiken en ik besloot me er tevergeefs op te richten.

Het was te verleidelijk. Ik wilde het weten. Ik moest het horen.

"Codex Gigas!" klonk het ineens luid en duidelijk, als een snauw in mijn hoofd.

Alsof de woorden daar al die tijd gezeten hadden en ik er al die tijd al kennis van had gehad.

Er speelde zich een visioen af voor mijn ogen.

Het was een schitterende openbaring en vanaf dat moment wist ik precies wat me te doen stond.

Manische gedachten staken de kop op, obscure kennis maakte zich meester van me en de tijd leek stil te staan.

De duistere schaduw die achter me uittorende, kwam dichterbij en stak zijn scherpe klauwen naar me uit, zonder dat ik er erg in had.

Zijn klauwen met vlijmscherpe nagels plaatsten zich om mijn schouders.

Een beestachtig snuiven in mijn hals, vergezeld van een hete adem die tegen mijn huid blies.

Het maakte een diep grommen kenbaar.

Na al die dagen voelde ik eindelijk weer iets dat oprecht leek.

Er was iemand die om me gaf, mij speciaal vond en me koste wat het kost zou helpen om dichter bij mijn ultieme doel te komen.

Het oude hutje kraakte van alle kanten.

Planken bolden op, raampjes knapten in hun spanningen.

"Violet!" Een klap in mijn gezicht.

Harvey schudde me wild door elkaar. "Violet! Wordt wakker goddomme! Ben je daarbinnen?"

Ik schrok op uit de illusie. Het was weer kil in de ruimte geworden.

De adem van Harvey toverde witte wolkjes in de lucht.

"Jeetje, ik dacht dat ik jou ook kwijt was."

Zijn ogen vulden zich met tranen.

"Je vader verdient een waardig afscheid, Violet. Je kunt hem hier niet zo laten liggen. Dit is oneerbiedig en je weet beter. Laat me je toch helpen."

Er kwam een idee in me op en het was alsof dat idee uitgezet werd door een ander.

Ik antwoordde: "Je kunt me helpen, Harvey. Ik sta het toe onder bepaalde voorwaarden."

Alsof het een zakelijk en emotieloos gesprek tussen twee mensen was, ging ik vastberaden verder.

"De dorpelingen, waaronder je vader, mogen dit niet te weten komen.

Als zij er alleen al lucht van krijgen, dan ben ik weer de gebeten hond.

Dan ben ik diegene die aangewezen wordt als heks en dan hebben ze tenminste een geldige reden om me op de brandstapel te gooien. Ik wil nota bene rust en jouw vader zou alleen maar van dienst willen zijn. Dit is ons geheim, Harvey. Als je om me geeft, dan beloof je me dat."

Ik probeerde hem een liefdevolle blik toe te werpen, alhoewel ik niet wist hoe dat moest.

Het enige wat ik wist, is dat hij daar vatbaar voor zou zijn. Om dat punt kracht bij te zetten, pakte ik zijn rillerige handen in de mijne.

"Beloof het me", herhaalde ik onzeker maar hoopvol.

Er hing een lange stilte tussen ons in. Harvey was diep in gedachten verzonken. Uiteindelijk zei hij: "Ik beloof het je, Violet. Voor jou kan ik een geheim bewaren en ik zal het bij me dragen tot aan mijn dood.

Ik houd van je ... Ik houd al van je vanaf het eerste moment dat ik mijn ogen op je neer liet dalen."

Ik liet hem niet uitpraten.

"En ten slotte: het laatste wat ik je wil vragen."

"Ga verder", opperde hij voorzichtig ...

"Heb je al eens gehoord van de 'Codex Gigas'?"

Voor hij hier het overduidelijke antwoord dat ik al wist op zou geven, ging ik ongestoord verder.

"Ik heb dat boek nodig, Harvey en jij zult het voor me moeten halen.

Mijn moeder had een vage kennis vroeger die ze liever uit de weg ging om verschillende redenen. Ze woont twee dorpen verder, afgelegen van de mensen in het bos, net zoals wij.

Frederika heet ze. Als je de dorpelingen naar haar vraagt, wijzen ze je de weg wel. Ze is een zonderling."

Dat Frederika in het geheim een zwarte heks was, die zich bezig hield met satanische praktijken en beestachtige rituelen, vertelde ik hem er niet bij.

Ooit was zij een goede vriendin van moeder geweest, totdat Frederika zich had laten verleiden tot de duistere zijde.

Tegen moeder had ze gezegd dat ze de omhelzing van de gehoornde gevoeld had, dat hij iedere nacht naar haar geroepen had vanuit het dichte woud.

Zij voelde zich eindelijk gezien door hem en wilde niets liever dan aan zijn zijde staan, gezien hij al haar gebeden had aangehoord.

Hij vervulde al haar wensen ...

Ze had Irma ook proberen te overhalen, maar Irma was alleen maar licht geweest. Licht gaat niet samen met het duister.

"Codex Gigas?" antwoordde Harvey verbaasd. "Wat is dat?"

Dat ik het boek, beter bekend als de Bijbel van Satan, glashelder in mijn visioen had gezien als de oplossing van alle problemen, vertelde ik er ook niet bij.

Wat ik er ook niet bij zou vertellen, was dat er bladzijden vol geschreven stonden over het opwekken van de doden, in de volksmond bekend als necromantie.

"Een boek dat mij troost biedt in deze donkere periode", antwoordde ik om die reden. "Harvey, ik heb dat boek gewoon nodig. Het is alles wat ik nu nodig heb en jij zult het toch niet begrijpen! Het is een boek dat Vader en ik graag in onze collectie wilden hebben."

"Het komt in orde, Violet. Ik geloof je als jij zegt dat het belangrijk voor je is", zei hij meteen daaropvolgend.

"Maar eerst begraven we je vader, als de waardige man die hij was, bij het woud dat zijn thuis was."

Ik knikte zelfingenomen ...

2 OKTOBER, HET JAAR 1854

Dagenlang had ik me niet durven verroeren en had ik me als een schuw muisje onder de boekenkast in de woonkamer verstopt.

Een plek waar niemand mij zou zien, maar waar ik het complete overzicht over de ruimte zou hebben.

Mijn zwarte vacht had altijd een beeldschone glinstering teweeggebracht en tekende zich af tegen de zilveren maneschijn.

Nu zou het me in ieder geval niet prijsgeven als men naar me zocht in het donker.

Ik had het dagen van tevoren voelen aankomen.

De dood maakte zich kenbaar op slinkse manieren aan hen die meer zagen dan ze wensten.

Ik had het geweten. Ik had het tot in mijn verweerde botten gevoeld.

De oude man zou langzaam verdwijnen van de wereld zoals wij die kennen.

Eigenlijk zou je kunnen stellen dat hij al was verdwenen sinds de vrouw die hij liefhad niet meer was thuisgekomen.

Door de dunne muren heen had ik het gehoord. Het hart klopte nog maar langzaam, in een steeds trager wordende dans tussen het leven en de dood.

Het ritme verdween langzaam. Een ratelende ademhaling die op het einde een lange zachte haal uitblies

Hij was verdwenen en heengegaan in het witte en rustgevende licht.

Geen onafgedane zaken, enkel rust en liefde zou aan de andere kant op hem wachten. Wat we geven krijgen we uiteindelijk terug, zo binnen zo buiten, zo boven zo beneden.

De aloude wet van het bewustzijn dat in verbinding staat met het universum.

Ik had het Kind willen waarschuwen, maar zij had in een diepe slaap verkeerd en was in die complete staat van rust nog nietsvermoedend geweest.

Het was als de stilte voor de storm.

*Na de ingrijpende ontdekking die ochtend had ik het niet aange-
kund om haar pijn aan te horen.*

*Ik droeg die kreten om hulp eeuwig met me mee, want ze gingen
door merg en been. Ik had me wijs bij haar uit de buurt gehouden.
Bij haar en bij die vuile geur die de rottende, arme man verspreidde.
Van de restjes op tafel en het overgebleven water in de kom had
ik mezelf nog net op de been kunnen houden.*

*Dat moest ik wel, want ik wist wie er op bezoek zou komen...
De duivel heeft geen uitnodiging nodig om binnen te komen.*

*Vanochtend had ik hem gezien. De gehoornde had zijn intrede
gedaan en had vat op het kind gekregen.*

*Hij had haar al zo lang op het oog. Ze was bijzonder in zijn ogen
omdat ze puur was en bestond uit pijn.*

*Toen de vriendelijke jongen die ochtend was aangekomen en ik door
de kier in de deur de welriekende geur van verse lucht en het bekende
woud rook, had ik mijn kans schoon gezien en ik had gerend alsof de
duivel mij op de hielen had gezeten.*

*De vriendelijke jongen kwam zo nu en dan langs. Hij gaf me
altijd een aai over mijn pluizige bol en hij nam altijd een verse vis
voor me mee.*

*Helaas had hij daar vanochtend geen haast bij gehad en was hij
het vergeten na het geschreeuw tussen beiden en de vondst die had
binnengelegen.*

*Eenmaal de begrenzing van het woud bereikt, had ik me tussen
de grote bladeren van de hoge varens verstopt. Hier zou ik vanzelf
weer op krachten komen.*

De energie uit de grond van het wijze woud laadde me op.

*Ook waren er knaagdieren, zoveel ik maar wilde, waaraan ik me
tegoed kon doen.*

Ik was echter uitgeblust en vond de kracht niet om te jagen.

*Het was dan ook op dat moment geweest dat de gehoornde zijn kans
schoon had gezien.*

Zonder mijn beveiliging had hij eindelijk kunnen toeslaan.

Hetgeen al die tijd was uitgesteld, was nu gebeurd.

Ik had zijn zware hoeven de losse grond van de aarde horen betreden, waarin hij diepe afdrukken achterliet.

Er steeg witte rook, sterk geurend naar zwavel, van de nog sissende pootafdrukken af.

Hij tekende groot af tegen het houten hutje waar hij omheen cirkelde als een wild beest dat zijn prooi wilde insluiten.

Zijn felgele ogen staken grotesk af tegenover zijn zwarte huid en vuile vacht.

Terwijl het kwijl uit zijn mondhoeken droop, snoof hij haar geur op door de buitenkant van de houten muren.

Hij nam gulzige ademteugen en blies telkens onrustig uit.

Er hing een donker, paars aura om hem heen, omringd met een gitzwarte kleur waardoor ik misselijk werd.

Het maakte me ziek om naar hem te kijken, laat staan dat ik hem op mijn oude dag nog aangekund had.

Toen hij eenmaal binnentrad, slaakte ik voorzichtig een kreet, die eruit kwam als een treurige mauw.

Ik had de kracht niet meer en kon alleen maar hopen dat ze niet vatbaar was voor de sierlijke manipulatie van de duistere heer.

Het woud achter me was akelig stil geworden.

Geen geritsel van bosmarmotten, geen gefluit van vogeltjes die zich nestelden tussen de dikke bladeren van de bomen.

Geen zuchtje wind.

Het woud hield zelfs zijn adem in voor het schokkende tafereel wat zich later zou ontvouwen voor onze ogen.

Een poos lang hoorde ik niets, totdat de hut hevig trilde en dat ik een verzengende hitte tot aan de grens van het woud voelde reiken.

Het was de hel, wedergekeerd naar aarde.

De kleine ruitjes spatten uit elkaar in duizenden glinsterende glassplintertjes.

Daarna was het weer opvallend stil geworden en hoorde ik enkel de paniekerige stem van de vriendelijke jongen.

Toen ze beiden een poos later naar buiten kwamen, droegen ze het lichaam van de oude man de treden af.

39

De jongen had een lap voor zijn mond gebonden – ik kon wel raden waarom – en het kind had zichtbaar moeite met het gewicht.

Een paar meter van me af plaatsten ze het lichaam voorzichtig in het hoge gras.

De vriendelijke jongen duwde met alle kracht een schep in de losse aarde en begon de grond naast zich neer te scheppen.

Hij maakte een diep gat in het binnenste van de aarde.

Waar hielden ze zich mee bezig? Waarom stond het kind gevoelloos toe te kijken?

Er leek iets veranderd in haar blik, het was alsof haar gezicht anders stond, alsof het uit zijn verband getrokken was.

Ze had al die tijd geen woord uitgebracht en dit stemde mij allesbehalve gerust.

Ik likte mijn poten schoon en veegde ze nu en dan kort over mijn ogen. Het zou nalatig zijn om juist nu troebel zicht te hebben.

Nu pas voelde ik de ijzige novemberlucht, die als een dik deken op me neerdaalde. Ik rilde.

De jongen verdween steeds dieper in het gat en na een tijdje kon ik alleen de bovenkant van zijn krullende haren nog zien.

Hij kroop uit het gat en kwam op adem.

Met de achterkant van zijn hand veegde hij over zijn bezwete gezicht. Dit liet donkerbruine vegen achter.

De gehoornde had ik al die tijd niet meer waargenomen, maar ik voelde dat hij nog ergens was.

Hij lag constant op de loer en ik merkte op dat het kind dit ook voelde.

Ze keek steeds achter zich. Af en toe draaide ze zich met een grote, akelige glimlach rondom haar mondhoeken weer terug.

Het was een zieke vertoning.

De jongen vroeg kort nog wat aan het kind. Het ging over een laatste blik en afscheid nemen.

Ze knikte enkel. Daarna werd de oude man door beiden in het gat geplaatst.

De vochtige aarde die naast de kuil had gelegen, werd terug in het diepe gat gegooid. Er ging weer een tijd voorbij totdat de gehele kuil opgevuld was.

De aarde zou hem nu tot zich nemen.

Moeder natuur zou zich voeden met zijn lichaam en in dankbaarheid verkeren voor het mooie offer van een natuurlijke dood.

De jongen brak een aantal wilgentakken op zijn knie doormidden.
Een ervan stak hij rechtop aan de bovenzijde van het graf, de andere knoopte hij er horizontaal aan vast.
Toen dit eenmaal gebeurd was, kerfde hij met een mes iets in een stukje hout en bond ook dat eraan vast.
Dit was het teken van hoop, het teken van vergiffenis.
Een heilig artefact dat de oude man zou beschermen in het hiernamaals.

De vriendelijke jongen wisselde nog een aantal woorden uit met het kind, omhelsde haar, pakte zijn gammele kar in beide handen en vertrok over het pad richting het woud. Het kind bleef een hele tijd aan het voeteneind van het graf staan. Ze prevelde iets wat onverstaanbaar was en ging toen weer in trance naar binnen toe.
Toen het licht buiten plaatsmaakte voor het donker besloot ik om op te staan.
Dit ging moeizaam. Ik zette mijn poten voor me en drukte mijn rug met een kromming omhoog.
Ik rekte me uit en schudde het vocht uit mijn dikke vacht.
In gestaag tempo liep ik naar het verse graf van de oude man toe en nam plaats naast het kruis.
'God plukt zijn favoriete bloemen het eerst' stond er in scheve letters ingekerfd.

Het rook naar geosmine en vers omgewoelde aarde.
Ik zou de oude man gaan missen, drong het besef plots tot me door. Hij was immers meer dan goed voor me geweest.
Ik kneep mijn ogen tot spleetjes en er drupte een straaltje vocht langs mijn rechterooghoek.
Ik jankte stilletjes, waardoor er af en toe een mauw ontsnapte. De stem van een katachtige was nu eenmaal niet charmant.
Een sterke wilskracht stak de kop op en ik besloot dat ik hem zou beschermen en dat ik over hem zou waken.

Het was een vreemd gevoel dat zich meester van me maakte. Ik wist niet precies waarom. Ik wist enkel dat ik het moest doen, dat het mijn taak was.

Plotseling hoorde ik het bekende kraken van de voordeur.
Ik was oprecht bang. Ik had angst voor haar gekregen.
Ik zette mijn staart op en kromde mijn rug.
Mijn oren stonden plat tegen mijn gezicht aan en ik liet mijn tanden aan haar zien. "Blijf weg!" mauwde ik. "Laat me met rust!" gromde ik.
Ik blies kwaad haar kant op. Ze liet zich niet uit het veld slaan en kwam met een paar passen mijn richting uit. "Rustig maar, lieve Widow. Ik ben het maar. Het spijt me zo! Ik heb wat lekkers voor je. Ruik eens. Harvey heeft een vers visje voor je meegebracht."
Mijn pupillen waren gitzwart en hadden mijn gehele oogopslag in beslag genomen.

Toch was er iets veranderd aan haar. Ze was zichzelf weer geworden. Ze leek helder van geest.
Voorzichtig liet ik het toe dat ze over mijn bol aaide, maar ik verslapte mijn houding nog niet.
Ze moest weten dat ik boos was, dat ik een gevaarlijk roofdier kon zijn.
Wat me uiteindelijk toch overhaalde, was de geur van gebakken vis die door de openstaande deur mijn neusgaten bereikte.
Ik was uitgehongerd en moest ergens energie uit putten, wilde ik helder kunnen nadenken, wilde ik het kind zo goed als ik kon beschermen.

Eenmaal binnen leek het een aantal dagen als vanouds.
We knuffelden, ze verzorgde me, ze maakte praatjes met me.
Ik waakte iedere nacht over het nog verse graf.
Toch was ook alles veranderd. Ze liet veel tranen om het zware gemis van de oude man.
Ik probeerde haar verdriet over te nemen, maar het zat zo diepgeworteld dat het zelfs mij niet lukte.

Het verwerkingsproces was aan haar, maar ze leek het niet te kunnen accepteren en ijsbeerde in alle hevigheid, in een bedenkelijke staat, door de hut.

Constant keek ze door de kapotte ruitjes, alsof ze iemand verwachtte.

De overduidelijke aanwezigheid van de gehoornde, wiens blik het kind niet meer losliet, voelde ik met momenten in de donkere kieren van de hut, die niet verlicht werden door kaarslicht of door het licht van de brandende haard.

Zijn korte aanwezigheid had een zware verandering teweeggebracht.

De doden waren in hun graven gekeerd.

Het woud fluisterde onrustig en deelde zijn angsten met de dieren.

De hut leek vervormd.

Het duister leek zich naar ons uit te strekken, benam ons onze levensvreugde, onze kostbare energie.

Voor het eerst in mijn leven voelde ik me oprecht angstig en onwetend.

Wat moest ik beginnen tegen de meester van de leugens?

Tegen de gevallen engel, die ooit favoriet was van de heer zelf?

De daaropvolgende avond hoorde ik een bekend geluid.

Lichte voetstappen en krakende wielen.

Het was de vriendelijke jongen die met zijn kar het pad kwam opgelopen.

Het kind rende in een vlaag van enthousiasme naar de deur en dat was het begin van het einde.

Het einde van het leven zoals wij dat kenden ...

Voordat Harvey de kans kreeg om op de deur te kloppen, rende ik als een bezetene die kant op.

De afgelopen dagen was ik ontzettend rusteloos geweest en wist ik me geen houding te geven.

Ik was ongeduldig geworden, gezien ik mijn plan zo snel als kon tot uitvoering moest brengen en kreeg daarbij nare gedachtes dat het Harvey misschien wel niet gelukt was, dat hij zich bedacht had.

Misschien had die smerige Frederika hem wel een loer gedraaid. Wie zijn ziel eenmaal had verkocht aan de duivel zou meedogenloos zijn geworden volgens moeder.

Hij had er immers de tijd voor genomen en wie wist wat er onderweg kon gebeuren met een jongeman die goed van vertrouwen was.

Eenmaal aangekomen bij de deur wilde ik mijn hand naar de roestige oude vergrendeling brengen, maar staakte mijn beweging toen ik kort in het gebroken glas te midden van de sponningen tuurde.

Ik zag de weerspiegeling van mijn eigen ingevallen gezicht als een bleke geest terugstaren. Een akelig portret van een jong meisje met donkere, holle ogen die nietszeggend in de mijne keken.

Die persoon kende ik niet meer als mijn eigen ik.

Achter mijn schouder gloeiden plots twee okergele ogen op in de verhullende duisternis.

Die ogen stegen langzaam hogerop.

Dit betekende dat de persoon achter me zich uitstrekte en gigantisch van formaat moest zijn.

Hij torende hoog achter me uit, waardoor mijn spiegelbeeld omhoog moest kijken. Die ogen, die tot in de verste diepten van mijn ziel staarden, herkende ik ergens van. Ik kon het alleen niet plaatsen op dat bewuste moment.

Widow siste uit agressie en blies vanuit een hoek van de kamer.

Zij had het dus ook gezien.

Manisch slaakte ik een gil.

"Violet! Ben je in orde?" hoorde ik een bezorgde Harvey inmiddels aan de andere kant van de deur roepen.

Ik aarzelde lang voordat ik eindelijk de moed had verzameld om me om te draaien en te zien wie er achter me stond.

Wie in het bezit was van die beestachtige, gloeiende ogen, maar er was niets, niemand.

Ik had het me wellicht verbeeld, zoals ik de afgelopen dagen wel meer had menen te zien en horen.

Toen ik mijn hand wederom bedachtzaam naar de ijzeren hendel bracht, leek die daarmee samen te smelten. Mijn huid siste van de hitte en de geur van verbrand vlees steeg op vanuit de palm van mijn hand.

Er wervelden kleine rookwolkjes van af.

Het leek wel alsof ik gedwongen werd vast te blijven houden, terwijl mijn gezonde verstand schreeuwde dat ik moest loslaten voordat mijn zenuwen doorbranden en ik levenslang gevoelloos zou worden.

Ik brulde het uit van de pijn. Harvey bonkte tierend tegen de andere kant van de deur, Widow sprong in hevige paniek tegen me op en klauwde haar nagels in de tere huid van mijn benen.

Ik stond op het randje om mijn bewustzijn te verliezen door de brandende, kloppende pijn die mijn hand teweegbracht. De geur van verschroeid vlees was misselijkmakend.

Toen liet ik eindelijk los, met het laatste beetje eigen wilskracht dat ik bezat.

Meteen greep ik met mijn nog goede rechterhand mijn aangetaste hand vast, iets wat ik als kind ook altijd gedaan had als ik ergens pijn had gehad.

Alsof dat op de een of andere magische manier mijn pijn zou helen, maar het bevestigde de intense pijn die ik op dit ogenblik voelde alleen maar.

Toen ik voorzichtig de vingers van mijn samengeknepen vuist een voor een strekte, begreep ik eerst niet wat ik voor me zag.

Te midden van mijn gezwollen, rode palm stond een dubbel kruis, met aan de onderkant een horizontale acht in mijn huid gebrand.

De omlijningen van het kruis waren zo diep doorgebrand dat ze zwart zagen.

Het symbool was omringd met blaren en het vreemdste aan de gehele situatie was dat ik geen zeer meer voelde. De pijn was als sneeuw voor de zon verdwenen.

Er liep een kille rilling langs mijn ruggengraat en ik huiverde bij de gedachte aan een gesprek dat ik als kind met mijn moeder had gehad.

Op vragen over zowel God als de duivel antwoordde moeder altijd dat als je in het goede geloofde, je ook in het slechte moest geloven.

Goed bestond nu eenmaal niet zonder kwaad.

God koos er wel eens voor om mensen die in zijn ogen een speciaal doel in dit leven hadden te markeren. Stigmata noemde men dat en het was een oprecht wonder.

Men kreeg dan kruisigingswonden op dezelfde plekken als Jezus had toen hij aan het kruis genageld was.

De duivel markeerde mensen ook wel eens en dat was allesbehalve een wonder. Het was pure oplichterij en er stond je een leven vol kwelling en duisterheid te wachten. "Hoe kon je dan weten of de duivel jou gemarkeerd had?" vroeg ik dan met rood aangelopen wangetjes en grote, leergierige ogen aan moeder.

Een markering van de duivel brandde hevig op het eerste moment. Het was als het vuur van de hel dat met oplaaiende vlammen naar je greep.

Daarna was de pijn net zo snel weer verdwenen als hij was gekomen.

Meestal was er sprake van dode huid bij zo'n wond, vergezeld van blaren en een koud geworden huid die ijzig aanvoelde.

Ook zou er geen bloed uit de verse wond komen, wat al een vreemd fenomeen an sich was.

Beduusd en vol ongeloof staarde ik naar het omineuze teken op mijn hand en hoorde moeders stem in mijn hoofd nog nagalmen.

"Als de duivel eenmaal grip op je heeft dan laat hij je nooit meer los.

Wees puur en zuiver, doe wat goed is en laat je nooit verleiden door zijn begeerlijke woorden."

Hij was hier geweest en ik had het al die tijd geweten. Ik had enkel gedaan alsof ik hem niet hoorde, hem niet zag.

Alsof ik zijn hulp niet nodig had bij dit groteske plan dat ik dacht uit te voeren. Wellicht was hij wel degene die het me zelfs ingefluisterd had.

Hij was degene die er altijd al was geweest.

Misschien was hij wel nooit weggegaan.

De deur barstte open met het geluid van knerpend en scheurend hout. Een onaangename kilte benam me de adem en waaide zijn frisse wind naar binnen toe.

Kaarsenvlammen doofden abrupt.

In de deuropening bleef het silhouet van Harvey roerloos naar me staan kijken.

Ik kon geen emotie van zijn gezicht aflezen, gezien hij net zo zwart aftekende als de avond die hem vergezeld had op zijn weg hiernaartoe.

Het enige wat ik kon waarnemen, was dat hij krampachtig iets tegen zijn borst aangedrukt hield. Ik had helemaal niet in de gaten dat ik op de vloer in elkaar gezakt was en mijn linkerhand stevig omsloten had met mijn rechterhand.

Het teken wilde verborgen blijven.

Widow liep vlug naar Harvey toe, alsof hij de reddende engel was in deze verdoemenis.

Ze krulde haar lange, weelderige staart vriendelijk omhoog en streek langs zijn benen.

Harvey leek er geen erg in te hebben, zijn blik nog steeds gevestigd op mij voor het geval ik besloot ervandoor te gaan.

Na een stilte, die eindeloos van duur leek te zijn, zuchtte hij diep, enigszins teleurgesteld.

"Waar ben jij in hemelsnaam mee bezig?

'Wat haal jij jezelf wel allemaal niet in je hoofd?" waren zijn eerste woorden. "Necromantie", snoof hij verachtend.

Hij deed een paar passen naar binnen toe en sloot de deur in alle voorzichtigheid achter zich.

Hij keek nog een keer achterom voor hij hem definitief in het slot liet vallen, alsof hij bang was gevolgd te zijn of in de gaten te worden gehouden.

Op dat moment zag ik pas dat hij een bundel boeken in zijn gespierde armen tegen zich aangedrukt had.

De enkele kaarsen die nog brandden, wierpen er een speels licht op.

Het leek erop dat ze mij uitnodigden en mijn naam riepen.

Plots voelde ik een enorme aantrekkingskracht om die boeken te bezitten. Ik moest ze aanraken en ik moest ze lezen.

Harvey had me al lang in de gaten en op dat moment smeet hij de boeken woedend door de kamer heen. Een voor een vlogen ze naar hun eigen bestemming. Een tegen de muur, een ander sloeg een aantal kaarsenhouders om en het laatste belandde in de nog nagloeiende warmte van de haard.

Er spatten oranjerode vonkjes op, die even snel weer verdwenen in de lucht daarboven.

Een zo'n vonkje kon het einde betekenen van dat boek als het vlam zou vatten.

Het zou verdwenen zijn alsof het nooit bestaan had en daar mocht met geen mogelijkheid sprake van zijn.

Ik schoot overeind, gesterkt door adrenaline en vloog de kant van de haard op. Een hoekje van het boek begon al op te lichten en te krommen door de hitte van het vuur. Toen ik de titel van het boek zag, werd ik hysterisch.

De Codex Gigas brandde ...

Het boek der boeken. Het enige boek dat er nog toe deed.

Ik gilde woedend en voor ik de kans kreeg naar het boek te grijpen en het te redden van die moordlustige vlammen, greep Harvey me beet.

Sterk en behendig trok hij me weg, waarbij hij me machteloos liet toekijken hoe het boek vlam vatte.

Het werd al snel verzwolgen en mijn plan van aanpak was definitief verkeken.

Ik sloeg wild om me heen en schold hem uit voor elk lelijk woord dat maar in me opkwam.

Hij ging achter me zitten en pakte mijn armen stevig beet in een houdgreep, zodat ik geen kant meer op kon.

Hij siste kwaad in mijn oor: "Jij bent van lotje getikt. Weet je dat? Is het dan toch werkelijk waar wat de dorpelingen over je beweren? Ben je die walgelijke heks waarvoor ze je aanzien?" Beschaamd zakte mijn kin op mijn borst en begon ik voor de zoveelste keer die week te huilen.

Ik kon geen woord uitbrengen.

Ik kon niets bedenken wat goed genoeg was om uit te leggen wat ik van plan was, maar dat bleek ook niet nodig te zijn.

Harvey wist het namelijk al.

"Hoe kon je mij naar die feeks toesturen, Violet?

Hoe kon je mij naar zo'n verachtelijk monster toesturen?

Ze heeft mij maar wat graag die boeken van haar gegeven.

Ze had mij verwacht. Al die jaren had ze gewacht op die branddende vraag die vanuit jou zou komen.

Je wilt goddomme je dode vader uit de grond opgraven en hem met een paar spreuken tot leven wekken? Alleen God mag een wederopstanding uitvoeren.

Het is walgelijk. Ik veracht je ...

Ik hef mijn handen tegen je ...

Je gaat verdomme de dood manipuleren en dat is het laagste wat er is, Violet.

Dat is de meest donkere uithoek van slechte magie die ik kan bedenken en dat weet je!

Jij hebt misbruik van mijn goedheid gemaakt; maar ik houd om die reden niet minder van je.

Ik ga je beschermen van die dwaze gedachten van je, van Frederika en van ... (hij wachtte even) die andere: de duivel!" sprak hij uiteindelijk nerveus.

"Ik wil hem terug. Hij is de enige die ik nodig heb. Dat zul jij toch nooit begrijpen. De enige die van mij hield!" riep ik huilend uit.

Harvey negeerde me volledig en ging verder waar hij geëindigd was.

"Jij hebt alles uit je verleden zo diep begraven, nog dieper dan je eigen vader die vers in de grond ligt.

Je hebt er werkelijk geen weet van he?

Jij kende Frederika al, alleen jouw geheugen heeft de gedachte aan haar wreedheid verbannen.

Toen je kind was, kwam ze bij jullie over de vloer.

Irma met haar goede wil, die maar niet kon inzien hoe haar bloedeigen hartsvriendin langzaamaan veranderde in een wrede persoonlijkheid.

Hoe de duivel zich verwikkelde in haar leven en hoe Frederika hem te gast met zich meenam. Onzichtbaar liftte hij mee als een parasiet met zijn gastheer dit huis van jullie te binnen.

De duivel krijgt wat hij wil, al moet hij daar soms lang op wachten."

Opeens zag ik de vergeten beelden weer voor me. Akelige Frederika met haar lange zwarte haren, haar diep smaragdgroene ogen die mij altijd doorboorden.

Daaronder die sinistere glimlach. Ze had boze dingen in mijn oor gefluisterd, enge dingen waar een kind nachtenlang van wakker kon liggen.

Ze had gedreigd mijn ouders wat aan te doen en ik had het moeder daardoor nooit durven opbiechten.

De vrees die ik voor Frederika voelde, was levensecht en het zorgde ervoor dat ik mij vastklampte aan mijn geloof.

Aan de Here God, maar hij had nooit naar mij geluisterd.

Het was altijd die ander wiens aanwezigheid en aandacht ik nader voelde.

Diegene waardoor ik slechte keuzes durfde te maken zonder schuldgevoelens.

"Frederika heeft jou al lang geleden gemarkeerd, voordat de duivel dat kon doen.

Het was de wraak op Irma die zoet en langdurig moest zijn.

Jaloezie is een barbaarse eigenschap.

Je moeder moest dit hebben aangevoeld. Ze heeft niet zomaar het contact met haar verbroken.

Laat me je hand eens zien, Violet. Laat me eens zien of je gehoor hebt gegeven aan zijn wensen!" krijste Harvey uit.

Hij greep mijn linkerhand beet en kneep er zo hard in dat ik mijn palm wel moest ontbloten.

"Juist, ... dat loeder had nog gelijk ook", ging hij verder.

"Je bent gevallen voor loze beloften en mooie praatjes. Ik had zoveel meer van je verwacht.

De weg hiernaartoe was hels. Constant droeg ik het gevoel van onheil bij me.

Het gevoel dat ik achtervolgd werd. Wolven jankten bezeten naar me op de terugweg en er leek steeds iets of iemand in mijn nek te hijgen.

Die boeken zijn duivels. Ze brengen ongeluk.

Bloemen verwelkten als ik langs ze liep, dieren zakten droevig in elkaar en mensen liepen met een grote boog om me heen, alsof ze het kwaad voelden."

Mijn gedachten namen de overhand en ik herhaalde zijn zinnen in mijn hoofd:

Gevallen voor loze beloften en mooie praatjes.

Hoe was dat mogelijk geweest als ik mezelf daarvan niets kon herinneren? Ik probeerde de afgelopen dagen voor de geest te halen, maar het was alsof er een drukkende mist door mijn hoofd woedde die me vergeetachtig maakte.

"Ik heb ze enkel en alleen meegenomen om ze hier teniet te doen", ging Harvey vastberaden verder.

Ik laat jou dit niet overkomen, niet zolang ik ademhaal."

Dat het huis kreunde en steunde en er zwarte adertjes verschenen, die zich als een spinnenweb onder de huid van mijn oogleden verspreidden en mijn pupillen inktzwart kleurden, had Harvey niet in de gaten.

Met een stem die niet van mij was, sprak ik zowel bewust als onopzettelijk:

"Dat zal dan niet lang wezen ..."

De vlammen in de haard laaiden op, alsof ze nieuw leven werd ingeblazen en de temperatuur in de ruimte steeg onmiddellijk.
Mijn handen draaiden in onmenselijke richtingen.
Mijn magere vingers knakten, vingerkootjes kraakten en ik drukte mijn lange nagels in de polsen van Harvey, die geschokt losliet.
Vlot rukte ik me los uit zijn greep.
Er liepen dunne straaltjes bloed langs zijn vingers en het drupte tussen de kieren en naden van de houten vloer.
Het huis leek zijn bloed tot zich te nemen.
Harvey was wit weggetrokken en hij keek bevreesd naar me op.
Hij was weerloos zoals hij daar onder me zat.
Ik leek groot tegenover hem en torende zelfverzekerd boven hem uit.
Als voortgedreven, haakte ik mijn vingers achter mijn lange en versleten hoepelrok, waar de botte dolk verborgen had gezeten ... Wachtend op zijn voorbestemming.
Tijd om hem scherp te slijpen, had ik niet gehad, gezien ik voor het merendeel onbewust was geweest van mijn handelingen.
Het moest er maar mee door, besloot ik grimmig.
Terwijl ik de dolk voor me hield, sprak de stem, die wel uit mijn keel kwam maar niet afkomstig van mezelf was, de volgende woorden uit:

"Heil aan mezelf, omdat ik mijn eigen heerser ben.
Ik ben mijn eigen god.
Ik hoef geen herder, daar ik geen schaap ben."

Ik herhaalde de woorden om daadkracht bij te zetten.

"Heil aan mezelf."

Harvey krabbelde onhandig achteruit.

"Omdat ik mijn eigen heerser ben."

Verbannen zielen uit het hiernamaals kropen over muren dichterbij.

"Ik ben mijn eigen God."

Ik voelde de kracht van de gehoornde in mijn binnenste branden.

"Ik hoef geen herder."

Het gefluister om ons heen veranderde in een razend en onmenselijk gebrul.

"Daar ik geen schaap ben."

Ik hief mijn handen, met de dolk daartussenin, hoog boven mijn hoofd en wachtte. Zijn angst moest puur zijn.

Zijn angst moest groot zijn.

Alleen dan zou het offer krachtig genoeg zijn, was me beloofd.

Kort draaide ik bedenkelijk mijn hoofd naar Widow, die met grote, bange ogen vanonder de zetel naar me keek.

Ze bibberde hevig en haar oren zaten plat in haar nek.

Even dacht ik dat ik ook de gemakkelijke weg zou kunnen kiezen, dat ik haar kleine, nietszeggende leven tot me kon nemen. *Zou dat niet genoeg zijn?*

Toen kwam de bezinning weer als een vlaag voorbij.

Het zwart trok even weg voor mijn bruine ogen, als wolken die plaatsmaakten voor de zon.

Ik hoorde mijn hart huilen. Ik hoorde mijn eigen stem al die anderen overstemmen en ik zag al die keren voor me dat ze mij getroost had, dat ze mij liefhad.

Nee, niet Widow. Zo slecht was zelfs ik niet.

Pas toen ik Harvey buiten zinnen hoorde schreeuwen, rillen van ontzetting en janken om zijn vader, en dat alles zonder enige vorm van begrenzing, vloog ik met een vaart op hem af.

Weg was ik. Terug die oerdrift die me meetrok en die ik niets kon weigeren.

Zwart werden mijn ogen ...

Ik dreef de dolk dwars door het tere vlies van zijn maag heen.

Dit deed ik met alle kracht die ik bezat, gezien het mes simpelweg te bot en

te roestig was.

Harvey schreeuwde en gorgelde. Er spoot vrijwel meteen een mistwolk van bloeddruppeltjes uit zijn mond.

Het bloed gutste als een rivier met vele aftakkingen uit de verse wond onder zijn ribbenkast.

Er was geen tijd te verliezen en ik greep alle schalen en kommen in de nabijheid.

Ik moest het bloed opvangen nu het nog warm was.

Tranen vermengden zich met zweet en dat zweet vermengde zich met zijn bloed.

Het was werkelijk buitengewoon. Het was zoveel meer dan ik verwacht had.

Natuurlijk had ik nooit een stervende van dichtbij gezien, zeker niet een die ik zelf koudbloedig vermoordde.

Ik voelde geen meelij en reet de dolk uit zijn maagwand, waardoor er nog meer bloed vrijkwam.

"Alsjeblieft", stootte Harvey betraand uit. "Stop, alsjeblieft." Vrijwel direct stootte ik de dolk recht naast zijn hart. Hij hapte naar adem en leek hoestend en proestend in zijn eigen bloed te stikken. Misschien zou hij wel verdrinken, net als moeder.

De andere stem sprak:

"Lijden is het nieuwe leven, dus lijd voor me."

Ik wist dat ik het zo lang mogelijk moest uitrekken.

De intensiteit van de pijn moest doortrekken tot in het merg van zijn botten.

Zijn hart moest overlopen van onbegrip en verdriet.

Ik stak meerdere malen in verschillende delen van zijn lichaam. Ik stak, ik draaide, ik wurmde het mes steeds dieper tot in zijn binnenste.

Pas toen de blik in zijn ogen begon te veranderen in een wezenloze staar, een melkachtige witte waas die langs me heen keek, besloot ik het af te maken.

Het leven zou hem nu toch snel genoeg verlaten.

Met één enkel handgebaar sneed ik zijn keel door alsof hij vee was.

"Vaarwel Harvey en bedankt voor alles", zei ik op een bijna kinderlijke, meisjesachtige toon.

Toen ik even later wakker werd op de harde ondergrond waarop ik lag en besefte dat dit de houten vloer van de woonkamer was, schrok ik hevig op uit een koortsdroom. Zo leek het althans.

De drukkende, zware mist had mijn hoofd verlaten.

Het was alsof ik even was weggeweest.

Waarom lag ik in hemelsnaam op de vloer?

Waarom was het pikkedonker om me heen?

Ik had angst voor het donker en het onbekende dat daarin schuil ging, dus de logica van dit alles was ver te zoeken.

Kreunend duwde ik mezelf omhoog op mijn ellebogen.

Mijn linkerhand, waarin het symbool inmiddels al één was geworden met mijn huid, had iets glibberigs omklemd. Geschrokken liet ik het los.

Toen ik mijn hoofd naar de linkerkant van de kamer draaide, zag ik een hoop rommel op de vloer liggen. Ik kon echter niet onderscheiden wat het was.

Gepijnigd en stijf stond ik op. Op weg naar de lucifers stootte ik iets om dat op de vloer stond en gleed uit door de inhoud die het bezat. Ik belandde bovenop een zachte, natte berg.

Wat was dit in vredesnaam?

Eenmaal overeind wandelde ik slidderend door de huiskamer.

Op de tast zocht ik op het hakblok naar de lucifers.

Toen ik de bekende vorm van het vierkante doosje omklemde, wilde ik er een afstrijken tegen de zijkant.

De eerste paar keren mislukte dit doordat mijn handen zo glibberig waren. Uiteindelijk ontwaakte het kleine vlammetje en een kleine lichtbundel openbaarde de naakte waarheid aan me ...

In het midden van de woonkamer lag het lichaam van Harvey, gezicht naar het plafond gericht, net zoals Vader erbij had gelegen.

Het verschil was enkel dat het lichaam van Harvey zodanig toegetakeld was dat het bijna onherkenbaar was door de vele messteken.

Ik zag dat hetgeen ik om gestoten had, een kom vol bloed was. De houten vloer was besmeurd met bloederige vegen.

Er stonden meerdere kommen.

Mijn handen zaten onder het plakkerige goedje.

Zijn bloed.

Enigszins geschokt was ik wel, want ergens kon ik me de daad vaag herinneren, alsof ik er van een afstand naar had staan kijken.

Schuldgevoel kon ik ook herkennen, gezien het wel maar ook niet mijn daad was geweest.

Emoties keerden traag terug in mijn nog strenge lichaam.

Tranen van meelij vulden mijn ogen en drupten verdwaald in mijn nek.

Arme Harvey ...

Domme, verliefde jongen ...

Het besef dat ook hij op zijn eigen manier voor me had willen zorgen, van me had gehouden, deed me verdriet.

Na een hele poos besloot ik dat het genoeg was geweest.

Ik wist waaraan ik was begonnen en dat het niet mooi zou worden.

Dat er iets van deze omvang zou plaatsvinden en dat dit zo'n indruk op mij zou achterlaten, had ik echter niet voorzien.

Ik had het dan immers ook niet alleen gedaan.

Iemand moest nu eenmaal sterven.

Een leven voor een leven en dat van Vader betekende alles voor me.

Als men eenmaal naar Harvey zou gaan zoeken, zouden ze niet hier beginnen.

Ik had dus nog tijd om een passend verhaal samen te stellen en zijn lijk te verstoppen, als het wild daarbuiten er niet snel genoeg korte metten mee zou maken.

Er stond me nog genoeg te doen voordat de zon de hemel in de ochtend zou verlichten.

Onzeker liep ik naar de haard toe en tot mijn grote verbazing lag de Codex Gigas onaangetast in het as van de open haard, klaar om bestudeerd te worden.

Ik verzamelde de boeken en legde ze op een stapel in volgorde op tafel.

Een bordeauxrode lederen kaft zonder titel sprong er in het bijzonder uit.

Op de voorkant stond er enkel een gouden symbool ingekerfd.

De omgekeerde acht met het dubbele kruis.

Ik herkende het meteen.

Vluchtig bladerde ik door een handgeschreven schrift van Frederika heen.

Er stonden verscheidene spreuken in zwarte inkt over de duistere magie.

Er stond in hoe je iemand waaraan je een gruwelijke hekel had, kon bezweren en vervloeken, hoe je de voodookunst kon beheren en hoe je een demon aan je kon koppelen voor je eigen duistere doeleinden.

Uiteindelijk kwam ik aan bij een aantal pagina's waarvan ik wist dat die voor mij bedoeld waren.

Spreuken over dodenbezwering . .

Radeloos als ik was – waar te beginnen zonder de toespelingen of de verdoving van de gehoornde – las ik vluchtig een aantal basisstappen door, die vooral doelden op de voorbereidingen en de benodigdheden.

Daarmee besloot ik van start te gaan.

Harvey 's opgevangen bloed bottelde ik om die reden in glazen, flessen en potten. Binnen 48 uur moest ik het gebruiken, anders zou het zijn sterkste kracht verliezen. Zijn bijna onherkenbare lijk sleepte ik de huiskamer uit, de houten verandatrap af, het diepe mysterieuze woud in.

Het was doodvermoeiend en zwaar. Ik moest er de tijd voor nemen, gezien mijn eigen tengere omvang weinig kon verdragen.

Ik liep eenmaal terug voor de zware massieve gereedschapskist van vader en voor de olielamp die me moest bijlichten.

Het was een lompe, versleten, oude kist.

Hij had een kleine verzameling samengesteld van zelfgesmede materialen, waaronder een zaag en een moker.

Vluchtig kwam de herinnering voorbij aan vader die zelf gereedschap (waaronder dolken) smeedde in gloeiende kolen en die scherp sleep aan een steen.

Een van die dolken had ik nu gebruikt voor een goddeloos doeleinde.

Op de terugweg naar het woud was die gedachte alweer vergaan in een chaos van verontrustende ideeën.

De wegen en doorgangen van het woud herkende ik zelfs in het duister en ik kon ze indien nodig met mijn ogen dicht bewandelen.

Als een klein vuurvliegje op weg naar de horizon verdween ik steeds dieper het dichte woud in.

Zo leek de moker me afdoende om een aantal tanden van Harvey te verbrijzelen tot gruis.

Dit gruis zou een van de ingrediënten zijn die ik nodig zou hebben voor een beschermende cirkel, als uitvoering van het ritueel.

Ik had geen gericht gereedschap dat gebruikt kon worden om ze te trekken, dus het zou een smerige boel gaan worden, waarvan ik me afvroeg of ik dit bij zinnen wel aan kon.

Ook zou ik een aantal vingerkootjes en botjes moeten verzamelen om de spreuk kracht bij te zetten.

De zaag leek mij hier het meest geschikte attribuut voor, alhoewel ik er veel moeite voor zou moeten doen.

Om die reden had ik voor de zekerheid de slijpsteen ook maar meegenomen.

Een menselijke schedel was het ultieme offer en het zou me ervan verzekeren dat het uiteindelijke doel van mijn ritueel tot werkelijkheid zou worden gebracht op de manier zoals ik die wenste. Dit was me echter te luguber en ik vond dat ik Harvey' s lichaam al te zeer ontheiligd had.

Ineens zag ik een beeld voor me dat ik snel weer wilde vergeten.

Ik, die bezweet en betraand, met mijn laatste wilskracht Harvey's hoofd van zijn romp scheidde met dezelfde zaag waarmee ik zijn polsen had doorgezaagd.

Aan zijn krullende haren droeg ik het hoofd op een onbeschaamde manier terug de hut in.

Daarna zou ik zijn hoofd met inhoud en al uitkoken in een pan met kokend water op het vuur.

Na lange tijd zou alleen de knokige structuur van de schedel over zijn.

Het leek wel alsof deze nare gedachte als een gekiemd zaadje geplant werd tussen de grens van mijn gedachten en mijn eigen wil.

Het was de wil van een ander, en ik besloot er niet aan toe te geven. Dat weigerde ik. Alles wat ik van Harvey had afgenomen, moest maar voldoende zijn.

De kracht zat in de necromancer zelf, niet in zijn materialen, had er in het schrift gestaan.

Zij die niet krachtig genoeg waren van zichzelf zouden mislukken als ze afhankelijk waren van hun 'gereedschap' en mijn doorzettingsvermogen was op dat moment eindeloos.

Eenmaal aangekomen bij het levenloze, zwaar gehavende lichaam van Harvey hurkte ik neer aan zijn voeteneinde.

De zware kist aan mijn linkerzijde, de olielamp aan mijn rechterzijde.

De gedachte aan wat er nu van me verwacht werd, stemde me razend.

Wild beet ik op mijn vuist en ik schreeuwde en schreeuwde.

Ik schreeuwde voor niemand, want niemand kon me horen.

Woest veegde ik de tranen uit mijn ogen.

Ik verdiende zelfs het verdriet op dit moment niet.

Niet na wat ik hem had aangedaan.

Toen de ergste emoties bedaard waren, besloot ik dat zijn dood niet betekenisloos had mogen zijn.

Ik hief het zware deksel van de kist uit het slot, legde mijn hand om het koude, ruwe handvat van de moker en zette mijn blik op oneindig.

Met trillende vingers opende ik zijn mond en hief de hamer ...

In een grote jutezak verzamelde ik zijn tanden, zijn kiezen, het overgebleven gruis en verscheidene botten en vingerkootjes.

De onderkant van de jutezak kleurde dieprood en er zou ongetwijfeld een wiebelend spoor van bloed achter me aan druppen.

Thuis zou ik een en ander moeten uitkoken. Alles moest rein zijn om te beginnen.

Het zware lijk sleepte ik nog een stuk dieper het woud in.

Bij de gigantisch uitstekende wortels van een troosteloze treurwilg staakte ik zijn laatste aardse tocht.

Ik plukte de kleurigste bloemen en de grootste bladeren van verschillende planten om zijn lichaam te bedekken. Het geheel zag er mooi en natuurlijk uit.

Al die tijd vermeed ik het om nog naar hem te kijken. Ik kon het niet meer aanzien.

Ik kon niet aanzien wat er van zijn gezicht was overgebleven.

De onderste helft was verdwenen.

Ook had het arme schaap nu armen zonder handen aan het uiteinde.

Moeite om hem te begraven deed ik niet.

Het woud was oplossingsgericht en wist wat het te doen stond.

Binnen de kortste keren zou Harvey uit miljoenen kleine cellen en deeltjes bestaan, verspreid over de aarde door zowel insecten als dieren.

Eenmaal aangekomen in de vertrouwde hut schrobde ik deze grondig van onder tot boven.

Heet water pruttelde en ik kookte de botten schoon.

Als Vader terugkwam dan moest het netjes zijn.

Widow had al die tijd bewegingsloos onder de zetel verstopt gezeten.

Ik besloot haar met rust te laten. Ik had hoop dat ze me misschien kon begrijpen en dat ze me nooit in de steek zou laten.

Na de gruwelen van de afgelopen uren kon ik dat echter niet met zekerheid aannemen.

Voor nu had ik nog wat kennis te vergaren en dat moest binnen geringe tijd gebeuren. De tijd was nu kostbaar en er was geen tijd meer te verliezen.

Het zwarte duister buiten voelde bedreigend.

Ik had alle kaarsen opnieuw aangestoken om mijn ergste zenuwen de baas te blijven. De geur van verderf had ik zelfs met veelvoudig luchten niet kunnen verdrijven. Eerder had ik na een moment van rust een divers aantal planten geplukt. Hallucinogene planten wel te verstaan.

De uitgedroogde lavendel of munt van moeder zou niet afdoende zijn.

De nachtschadefamilie was wel veelzijdig en toereikend.

Ik verzamelde bilzekruid, monnikskap, wolfskers en alruin.

De giftige zwarte nachtschade mocht niet ontbreken.

Deze planten verzamelde ik in de verste uithoeken van het woud.

Ook voegde ik hier een bundeltje zwart kattenhaar van Widow aan toe, samen met zwarte vogelveren die ik rondom de hut vond.

In een grote kom gooide ik alles bij elkaar en sprenkelde er grafaarde uit het verse graf van Vader overheen.

Ook had ik de uitgedroogde bloemblaadjes, van het door mijzelf geplukte boeket dat op zijn graf had gelegen, uitgetrokken en er als laatste bij gedaan.

Ik drukte alles fijn met een stamper tot enkel een grijs ogend poeder overbleef. Driekwart van het poeder strooide ik in een aparte schaal.

De overgebleven resten verdikte ik tot een zwart papje met het restje vergeten whisky uit Vaders fles.

Dit streek ik uit over de enige sobere spiegel die we in de hut hadden. Het was een kleine, ronde spiegel op een standaard en ik bekladde hem met het zwarte papje.

Een zwarte spiegel was namelijk ook een belangrijk onderdeel van mijn ritueel.

De kwade zielen of demonen van de onderwereld konden zichzelf dan niet kenbaar maken.

Alleen het aangezicht in het spiegelbeeld zou een mens voor eeuwig krankzinnig maken. Het was enkel een manier om te communiceren met de dode die tot wederopstanding zou komen.

Alvorens ik de rest van de voorbereidingen zou treffen, was er iets anders wat doeltreffendheid zou bieden voor het daaropvolgende ritueel: 'het slapen met de dode'.

Dit zou volgens het geschrift de manier zijn om de angst voor de dood los te laten en de focus op het hiernamaals te leggen.

Pas dan zou ik er oprecht klaar voor zijn.

Want men kon tegen eenieder liegen, maar niet tegen zichzelf.

Het hield in dat ik tot het aanbreken van de ochtend daarop naast vader in zijn graf moest gaan liggen en naast hem in slaap zou moeten vallen.

Dit hele idee was absurd en het beangstigde me toen ik met de schep in mijn handen aan het voeteneinde van het graf stond.

Het kippenvel leek tot in mijn botten door te dringen.

Mijn nekharen stonden overeind en ik rilde zowel van angst als van de kou, die me buiten maar niet wilde loslaten.

Ik was nog maar een uur of vier verwijderd van de eerste zonnestralen, die hun armen door de bomen heen naar me zouden uitstrekken en mijn bleke gezicht zouden willen opwarmen. Het was nu of nooit ... Ik begon met het omscheppen van de vochtige, losse aarde. Dit bracht een muffe geur teweeg Gezien Harvey Vader niet erg diep begraven had, was de bodem vrij snel in zicht. Ik zag de witte huid van Vaders handen oplichten in het maanlicht. Er leek een blauwe schijn van af te stralen en de aderen waren nu goed zichtbaar onder de dunne huid. Zijn gezicht lag nog half bedekt onder de aarde.

Ik stak de schep in de grond naast het graf, pakte de olielamp vast en liet me in het gat van de donkere aarde zakken.

Dat ik de ontbindingslucht eerder in huis niet geroken had, kon ik me op dit moment maar moeilijk voorstellen.

De olielamp plaatste ik aan het hoofdeinde.

Ik kokhalsde en scheurde vervolgens ongeduldig een stuk stof van de onderkant van mijn hoepelrok af en knoopte deze stevig over mijn neus en mijn mond.

Als ik hier een aantal uren moest doorbrengen, moest ik het wel kunnen volhouden.

Teder veegde ik de aarde met liefdevolle halen van zijn gezicht af.

Ik schrok hevig toen ik de verandering in Vaders gelaat opmerkte.

Zijn gezicht was behoorlijk gezwollen en er waren verschillende rottingsblaren bijgekomen. Zijn oogleden waren tot dubbel formaat verdikt.

Droevig pakte ik zijn hand in de mijne, een gebaar dat we altijd met elkaar deelden als we verdriet hadden en dat met elkaar wilden delen.

Zijn hand voelde ijskoud aan en er zat geen beweging meer in.

Hij was behoorlijk stijf en ik was bang dat, als ik er te ruw mee omging, ik zijn vingers of zijn pols misschien wel zou breken.

Het viel me op dat de nagels op zijn pink en wijsvinger al hadden losgelaten en dat dit bij de resterende nagels ook niet lang meer zou duren.

"Vader, ik hoop dat je mij kunt horen.

Ik kom je nu terughalen want ik kan met geen mogelijkheid zonder je leven.

Ik zou niet eens weten waar ik moest beginnen en zonder jou kan ik ook net zo goed sterven.

Je was de enige die er toe deed en binnen de kortste keren zal ik er zorg voor dragen dat je hart weer klopt.

Dat je weer vitaal zoals je was door het leven kan gaan en dat leven weer op kunt pakken waar je het hebt achtergelaten.

De laatste woorden zijn nog niet gezegd Vader. We hebben nog zoveel te bespreken. Het kom goed, echt waar. Je zult het zien."

Na het uitspreken van deze woorden merkte ik dat ik nerveus was geworden.

Er bekroop me ineens een bevreesd gevoel, gezien het woud oorverdovend stil was geworden om ons heen.

Het bekende geritsel van knaagdieren ontbrak, de sluipende pootjes van de vossen, het ritselen van de bladeren. Er was geen zuchtje wind te bekennen en ik voelde me ineens kwetsbaar.

Het was alsof ik Vader niet eens meer herkende en simpelweg de hand van een vreemde streelde, die dood onder de grond niet ver van onze hut begraven had gelegen ...

Net toen ik vastberaden had besloten deze achterlijke gedachtes aan de kant te zetten en te doen waarvoor ik hier was gekomen, hoorde ik een geluid dat naderbij kwam. Het leek op het geluid dat de hoeven van een paard teweeg brengen, alleen dan veel zwaarder.

De tred was langzaam en ik voelde de trillingen vibreren tot diep in de aarde. Hetgeen hiernaartoe kwam, had geen juiste intentie.

Dat vertelde de knoop in mijn ingewanden me, die steeds strakker aantrok toen het geluid dichterbij kwam.

Het kleine vlammetje van de olielamp leek uit zichzelf te doven.

Al die tijd had ik gerild van de kou, gezien het onder de grond nog killer was geweest, maar nu steeg er een koortsachtige hitte met een vaart door mijn lichaam en eindigde bij mijn hoofd.

De aderen aan de zijkanten van mijn gezicht zwollen op en klopten hevig.

De zweetdruppels parelden in groepjes omlaag vanaf mijn nek over mijn rug.

Stevig drukte ik mijn handen voor mijn mond zodat er geen zuchtje adem kon ontsnappen en zodat ik geen geluid kon teweegbrengen.

Hetgeen eraan kwam, was nu dichtbij. Ik kon wolkjes witte rook onderscheiden boven de rand van het graf.

Ik hoorde het snuiven en uitblazen, snuiven en uitblazen. Het gromde hard met een rauw geluid dat diep uit het achterste van zijn keel kwam.

De hoeven cirkelden om het graf heen, maar ik zag nog niets. Angstig drukte ik me tegen de borstkas van Vader aan en klemde mijn armen stevig om zijn middel.

Plotseling vielen er hoopjes losse aarde op mijn gezicht. Deze kwamen van bovenaf, dat moest immers wel.

In een onbezonnen moment keek ik omhoog en de schrik benam me de adem.

Boven het rechthoekige gat in de grond, recht boven mijn gezicht, staken twee gigantische, gekrulde hoorns uit. Lange vingers met vlijmscherpe nagels omklemden de rand van het graf.

Die twee oplichtende gele ogen herkende ik dit keer wel meteen.

Het was de gehoornde en hij kwam me halen. Hij wilde me hebben.

Hoe kon dat ook anders, na de belofte die ik hem nagelaten had op het hoogtepunt van mijn ellende.

De gehoornde had mijn smeekbedes wel verhoord en hij had het met momenten van me overgenomen.

De momenten van zwakte dat ik nog teveel mezelf was geweest en het niet had aangekund. Er stond enkel een prijs tegenover, maar die was hoog.

"Nog niet nu!" piepte ik jankend. "Dat was niet de afspraak. Ik ben nog lang niet klaar. Er is me een leven met vader beloofd." zei ik met een trillende stem.

Die akelige ogen brandden woedend door me heen. Zijn gezicht leek steeds dichterbij te komen, alsof hij zich naar me uitrekte. Hysterisch gilde ik.

Nog nooit had ik zo'n ontzetting gevoeld. Vlak boven mijn gezicht lieten die gele ogen mij geen moment los.

Ik kon er zelfs plezier in aflezen, een soort ziekelijk genot.

Een groteske glimlach vormde zich rondom zijn misvormde gezicht.

Het kwijl droop langs zijn mondhoeken en drupte op mijn gezicht.

Die druppels voelden als heet water op het kookpunt en ze sisten op mijn huid. Het brandden kleine putjes in mijn huid, maar ik voelde het niet eens.

De angst was puur en had mij compleet overgenomen.

De gehoornde snoof mijn angst diep in zich op, met lange, gretige halen.

De enige gedachte die ik had was: *Maak nooit een afspraak met de duivel. Je komt altijd bedrogen uit.*

Hij had mij verraden en nu kwam hij mijn ziel uit mijn binnenste rukken.

Ik sloot mijn ogen en hoorde nog eenmaal een harde snauw. Ik zette me schrap.

Het drukkende gevoel was opeens verdwenen. De angst ebde weg.

De temperatuur leek drastisch te dalen. De gehoornde was geruisloos verdwenen.

Het proberen te begrijpen hiervan ging mijn mogelijkheden te boven.

De uitputting trok aan mijn oogleden en ik voelde ze verzwaren.

Ik was afgemat en de slaap begon aan zijn intrede.

Ik voelde me vreemd genoeg verwelkomd in het huis van de dode en liet mezelf volledig opgaan in die duisternis, nog steeds in een liefdevolle omhelzing met Vader. Ik voelde de aarde onder me bewegen bij iedere ademhaling en ik liet de ijzige lucht die om me heen cirkelde toe tot mijn longen.

Eindelijk viel ik in een diepe, rustige slaap en het was alsof alle zorgen die ik ooit gekend had, verdwenen waren.

Het was net alsof de meest gruwelijke ontmoeting die ik ooit in mijn leven gekend had zonet niet had plaatsgevonden ...

3 OKTOBER, HET JAAR 1854

Een harde klap, vergezeld van een diep gebulder, maakte dat ik wakker schrok.

Ik was doorweekt van de zware regenval en had dit niet eens opgemerkt in mijn diepe slaap.

Het was al licht buiten, maar de zware wolken die boven ons hingen, zagen er dreigend uit. Bliksemschichten lichtten de donkere hemel zo nu en dan op.

Er was waarschijnlijk een ingeslagen in de buurt die mij bruusk gewekt had.

Het was een zwaar onweer dat iets weg had van een storm en ik moest maken dat ik zo snel mogelijk binnenkwam.

Vaders gezicht was schoongeveegd door de regenval en het zag er nu nog slechter uit in het daglicht dan ik me vannacht had durven voorstellen. Ik stond op en trok met alle macht aan hem. Zijn stijve lichaam gaf niet mee.

Hij was nog zwaarder dan toen we hem begraven hadden. Vlug dacht ik na over een gepaste oplossing. Ik kroop behendig uit het graf, maar de harde wind gaf me zo'n stoot in mijn gezicht dat ik bijna weer achteroverviel.

Takken van bomen waaiden woest over me heen. De wind rukte hun bladeren los en nam ze voorgoed met zich mee.

Vlug rende ik naar de hut, zwaaide de voordeur open en rende door naar de achterkamer.

Ik wist dat vader hier allerlei materialen bewaard had.

In een stoffige hoek vond ik het opgerolde touw al snel. Ik schatte in dat het lang genoeg moest zijn.

Eenmaal terug buiten had ik moeite om mijn evenwicht te bewaren door de kracht van de storm, die me steeds klappen leek te geven met haar harde windvlagen.

Met een sprong stond ik weer in het graf, knoopte het touw stevig om Vaders middel en trok mezelf over de rand met het uiteinde van het touw in mijn hand.

Vader had mij allerlei knopen geleerd, dus het zou moeten volstaan.

Het uiteinde van het touw knoopte ik om een stevige boomstam nabij.

Met mijn hielen stevig in de grond begon ik te trekken. Het touw sneed diepe halen in mijn handpalmen, maar ik besloot door te zetten.

Pijn was een teken dat je leefde en dat was nu mooi meegenomen.

Na een zware en lange strijd zag ik dan eindelijk de bovenkant van Vaders lichaam over de rand heen komen.

Ik trok nog een keer uit alle macht en Vader rolde het hoge gras in.

Met bloedende en gepijnigde handen rende ik naar hem toe, greep hem beet onder zijn armen en sleepte hem de verandatrap op.

Onderweg moest ik noodgedwongen enkele rustmomenten inlassen omdat mijn verzuurde spieren het anders zouden begeven.

Toen ik hem eenmaal binnendroeg in de droge, bekende omgeving van de hut plofte ik zelfvoldaan in de zetel neer.

Zijn lichaam had ik al geplaatst waar ik het uiteindelijk wilde hebben, namelijk in het midden van de houten vloerplanken.

Van tevoren had ik de helft van de inboedel al verplaatst en onnodige spullen aan de kant gezet om ruimte vrij te maken.

Het ritueel zou vanavond uitgevoerd worden.

In de komende uren zou ik de hoofdstukken over dodenbezwering uit de Codex Gigas uitvoerig bestuderen.

Frederika's schrift was alleen maar een aanvulling hierop geweest, een aantal simpele aantekeningen over voorbereidingen en spreuken, die als mooie toevoeging konden werken.

Ik pakte nog wat houtblokken uit onze steeds kleiner wordende voorraad en pookte de haard op.

Mijn lichaam was door en door koud geworden en het zou een poos duren voordat ik weer zou opwarmen. Mijn doorweekte, vieze kledij verving ik door droge exemplaren.

Alle verzamelde benodigdheden zette ik klaar.

Toen ik plaats nam aan tafel en de Codex Gigas opensloeg, bladerde ik er eerst een tijdje doorheen, totdat ik aangekomen was bij het hoofdstuk dat ertoe deed.

De bladzijden brachten een viezige geur teweeg, maar ze voelden vreemd genoeg stevig aan.

Het was perkament, gemaakt uit dierenhuiden.

Dat moest haast wel, omdat het manuscript uit het jaar 1230 stamde.

Zo lang bleven weinig boeken in perfecte staat.

In stilzwijgen las ik alles door en begon het me te dagen dat ik een aantal woorden zou moeten oefenen en uit mijn hoofd zou moeten leren.

Het waren behoorlijk lastige woorden en ik twijfelde aan de uitspraak ervan. Het klonk lomp en onhandig.

Het boek nam me zo in beslag dat ik niet eens in de gaten had gehad dat het buiten al begon te schemeren en ik de hele dag aan tafel had gezeten.

De storm was nog steeds niet gaan liggen en leek nu op het hoogtepunt.

De wind kwam met momenten stiekem door de barsten van de kapotgesprongen ruitjes naar binnen toe gewaaid en bracht verse lucht met zich mee.

Al geruime tijd had ik hardop geoefend, toen opeens Widow onverwacht op tafel sprong. Al die tijd had ik haar nog nergens gezien.

Bij de aanblik van het boek siste ze nijdig mijn kant uit en haalde ze naar me uit met haar kleine maar scherpe klauwen.

Ze raakte me en liet een diepe kras achter op de muis van mijn hand.

Verontwaardigd schreeuwde ik haar kant op, waardoor ze zichtbaar schrok en het met een opgezette staart op een lopen zette.

Ik zag nog net hoe ze beledigd door het opengeklapte raam kroop en ik kon haar zwarte silhouet nog maar kort door het raam volgen voordat ze in het donkere woud verdween. Die hevige storm buiten kon haar nog wel eens fataal worden. *Wat als ze nooit meer terugkwam?* dacht ik paniekerig.

Ik rende haar achterna, de hevige regen in, en riep haar naam verschillende keren. Maar ze dook niet op en ze reageerde niet. Na lange tijd besloot ik de zoektocht te staken en verder te gaan met waar ik gebleven was. Hopelijk zou ze zich bedenken en zou haar liefde jegens mij voldoende zijn om naar huis terug te keren. Ik haatte mezelf om de manier hoe ik haar de afgelopen dagen behandeld en verwaarloosd had. Als ik haar was, zou ik mij ook nooit meer willen zien.

Kaarsen in de tinten paars, rood en zwart stonden verspreid over de houten kamer van de hut. Als ik niet beter had geweten, had het geheel zelfs een knusse en gezellige indruk gemaakt. Ik had een grote cirkel om vader heen getrokken. Deze cirkel bestond grotendeels uit het poeder dat ik eerder vermalen had met wat losse aarde en zand. Afwisselend plaatste ik kaarsen op een meter afstand van elkaar in de cirkel. Volgens de beschrijving was dit alles cruciaal en zelfs de kleinste misstap kon zware consequenties hebben, die nooit meer terug te draaien zouden zijn. Ik wisselde af met zwarte veren, kattenhaar en botten. De cirkel zou ook dienen om mij te beschermen, zolang ik er binnenin zat en de cirkel niet verbroken zou worden.

Geesten of, erger nog, demonen konden listig zijn. Ze verleiden mensen met zoete leugens en het was daardoor belangrijk geweest dat ik grotendeels mijn angst voor de dood had losgelaten.

Dat ik mezelf bevrijd had van mijn eigen bangmakerij. Toch was ik daarin niet compleet geslaagd, gezien ik wel angst had voor datgene er aan de andere zijde schuilging.

Een enkeling had maar mogen kennismaken met de gedrochten van de onderwereld. In de codex had ik daar verschillende afbeeldingen van mogen aanschouwen en alleen al bij het zien van die prenten liep het kippenvel langs mijn rug.

Dat poeder, zand of kalk niet de beste opties waren voor een cirkel had ik genegeerd. Ik had immers niets anders gehad en het zou maar moeten dienstdoen.

In alle precisie ging ik de cirkel rond.

Ik controleerde alles zorgvuldig en wist dat ik geen fouten mocht maken.

De botten lagen kaarsrecht en de lijnen van het poeder waren strak getrokken.

Ondanks de vrieskou, die buiten de kop had opgestoken, had ik het bloedheet gehad. Het haardvuur knetterde in de zwarte nacht en leek met momenten zelfs tegen te sputteren. De zwarte spiegel plaatste ik in het westen van de cirkel.

Mijn gezicht moest te allen tijde naar het oosten gericht zijn tijdens het uitspreken van de spreuken.

Een deel van het opgevangen bloed liet ik in een kom druppelen. Er leek een onverklaarbare trilling van af te komen, alsof het nog in leven was.

Alsof het wilde dienstdoen en zijn eigen kracht nog in alle hevigheid bezat. Ik huiverde bij die gedachte.

Met de kom in beide handen liep ik voorzichtig de cirkel weer binnen.

Met mijn wijsvinger tekende ik verschillende tekens die ik in de aantekeningen van Frederika gezien had.

Ook het teken dat op mijn eigen hand vereeuwigd was, tekende ik met het donkerrode bloed van Harvey aan het hoofdeinde van Vader.

Toen ik daar eenmaal mee klaar was, depte ik mijn trillende wijsvinger voor de laatste keer in de kom en tekende een omgekeerd kruis op Vaders voorhoofd.

Een eenzame druppel stroomde langzaam over zijn neusbrug tot aan het puntje van zijn neus en bleef daar een paar tellen hangen.

Vlug veegde ik het weg met mijn mouw.

Het voelde alsof ik Vaders lichaam ontheiligde.

Dat was natuurlijk ook zo, gezien dit de meest verdorven uithoek van de donkere kunst was.

Widow liep onrustig om de cirkel heen, haar staart laag hangend tussen haar achterpoten. Ze kermde zacht.

Een half uur geleden was ze tot mijn verbazing drijfnat naar binnengeslopen door het openstaande raam. Ik had haar geknuffeld en haar troost geboden.

Ik had me zo opgelucht gevoeld. Met haar er bij voelde ik me tenminste niet zo alleen in dit alles.

Met haar erbij waande ik me zelfs een klein beetje veilig.

Een tijd lang staarde ik voor me uit, te midden van die cirkel, neergehurkt bij Vader. Er ging van alles door me heen op dat moment. Gedachten kwamen in me op dat ik ook de benen kon nemen, diep het woud in rennen en nooit meer omkijken.

Ik zou wel zien waar ik uitkwam. Angst voor het onbekende nam me in zijn greep.

Wat als Vader niet meer dezelfde zou zijn?
Wat als het me niet zou lukken?
Hoe zat het met mijn afspraak met de gehoornde, gezien hij mij al eerder bezocht had?
Wanneer zou hij mijn ziel komen innen?

Ik richtte mijn blik op het doodse, bleke gezicht van Vader en ik wist wat mijn hart van me verlangde.

Ik wist diep vanbinnen dat ik geen keuze had om te maken. Ik wist enkel wat me te doen stond.

Met de dodemansogenspreuk zou ik van start gaan.

Dit was een kans om de laatste momenten van Vader nog eens te herzien.

Hierdoor zou ik hem wekken uit zijn eeuwigdurende slaap. Misschien kon ik een glimp opvangen van zijn gevoelens of van zijn gedachtes, de wereld zien door zijn ogen.

Mijn handen beefden steeds heviger toen ik de attributen verzamelde waarmee de spreuk tot uitvoering gebracht zou worden.

Ik had enkel vier naalden nodig, waarvan ik er twee kruislings door ieder ooglid heen moest steken, zodat deze open bleven en zijn lege blik de kamer zou vullen.

Ik zuchtte diep in en uit, herhaalde dit een aantal keren en opende toen met duim en wijsvinger het rechterooglid van Vader. De geestachtige waas van een vergeten mens was nog intenser geworden.

Zijn pupil kon ik amper nog onderscheiden.

Klungelig prikte ik eerst door het onderste ooglid heen.

Dit kostte me minder moeite dan ik gedacht had, gezien de huid week was geworden door de zwelling.

Voorzichtig stak ik de naald door tot het bovenste ooglid en prikte ook hier doorheen. Dit deed ik ook aan de zijkanten van het oog, zodat er een kruis ontstond.

Ik vervolgde de handelingen aan het linkeroog.

Vaders ogen keken akelig leeg ...

Dat ze binnen de kortste keren weer hun kastanjebruine tinten zouden aannemen, kon ik me maar moeilijk voorstellen.

Dat ze ooit weer die gouden gloed zouden teweegbrengen als de zon er in weerkaatste, kon ik enkel hopen.

Het overgebleven restje poeder in het kommetje aan mijn linkerkant pakte ik tussen mijn vingers, plaatste het in mijn handpalm en blies het uit over Vaders gezicht.

In kleermakerszit ging ik naast Vader zitten, met het zware gewicht van de Codex Gigas op mijn schoot.

Ik hief mijn rechterhand met de palm voor me uit en sprak de volgende woorden hardop uit:

"Qui venisti, qui quondam fuit.

Da mihi extremum aspectum in nunc et tunc, da mihi extremum momenta.
Ut possit esse una vobiscum, faciemus unum totum.
Quod semel fuit, iterum erit. Esto mihi particeps in vita proxima.
Da mihi potestatem videntis. Et sic erit."

"Gij die heengegaan zijt,
gij die eenmaal was.
Schenk mij de laatste blik in het nu en toen.
Schenk mij uw laatste momenten,
zodat ik een met u kan zijn.
Een geheel zullen wij worden.
Wat eens was zal weer zijn.
Wees mijn begeleider in het hiernamaals.
Geef mij de macht van de ziener.
En zo zal het zijn."

Met gesloten ogen wachtte ik ongeduldig af.

Eén enkel geluid, één enkele beweging was al voldoende geweest, maar er gebeurde niets, helemaal niets.

Ik opende mijn ogen en keek om me heen, nam ieder bekend hoekje van de hut in me op. De tijd verstreek geruisloos. Van het ene op het andere moment overvielen mijn emoties me en ik verloor mezelf er compleet in.

Tranen vulden mijn furieuze ogen, die ik tot spleetjes had geknepen.

Woedend schreeuwde ik, bonkte met gebalde vuisten op Vaders lichaam en gilde ... naar God, de gehoornde, wie het ook maar was die deze zieke grap met mij uithaalde:

"Waarom gebeurt er niets! Wakker worden Vader! Word goddomme wakker!

Na alles wat ik gedaan heb. Ik heb mijn gekoesterde ziel verkocht. En waarvoor?

Voor he-le-maal niets!"

Op dat moment knakten de wervels van Vaders nek zo hard dat ik opschrok uit mijn eigen woede.

Zijn gezicht draaide met een groteske, harde beweging mijn kant op.

Kleine straaltjes bloed liepen langs zijn opengesperde oogleden naar beneden, kleurden zijn witte gezicht rood.

Hij opende zijn mond en kreunde, stotterde ...

Er kwamen geen woorden uit. Het was enkel alsof Vader intens veel pijn leed. Schuldgevoel maakte zich meester van me en ik vroeg me voor het eerst in deze gestoorde gang van zaken af wat ik in hemelsnaam gedacht had.

Wat had ik nu precies verwacht?

Wat had ik mijn eigen Vader aangedaan?

En was dit mijn Vader wel?

Er was geen tijd om na te denken, want Vader greep mijn pols stevig beet in een greep die niet van plan was nog los te laten.

Ik schreeuwde ...

Heel even werd het licht voor mijn ogen.

Een beeldschoon en helder wit licht. Een gevoel van vrede en liefde overkwam me en ik had eindelijk mijn welverdiende rust.

Toen ik met mijn ogen knipperde lag ik in Vaders kamer, in zijn eigen bed.

Mijn handen waren Vaders grove en knokige handen en ze bladerden door *The raven*, verlicht door een wakkerend vlammetje van de kaars naast het bed.

Het licht speelde met de letters van het boek en bij momenten leek het alsof ze over het papier heen dansten.

Ik voelde het verouderde papier door Vaders vingers glijden.

Het was een gelukzalig, onbegrijpelijk gevoel om me één te mogen voelen met hem. Om samen te zijn op zo'n intiem moment, gezien ik hem zo gemist had.

Plots voelde ik de zwaartekracht van de slaap aan Vaders oogleden trekken en Vader, vermoeid als hij was, gaf er graag aan toe.

Er openbaarde zich een prachtige droom voor mijn ogen, of waren het Vaders ogen?

Moeder die samen met mij in het hoge, geurige gras van de open plek in het woud op de grond zat.

Ik zat met mijn rug tegen haar aangeleund.

Samen knoopten we een armband van margrietjes en boterbloemen.

Het zonlicht raakte de blonde tinten van Moeders lichtbruine, golvende haar.

Een kinderlijke schaterlach ontsnapte aan mijn lippen.

Lachkuiltjes vormden zich in de mondhoeken van moeder toen ze Vaders richting op keek.

Ze fluisterde iets in mijn oor, waardoor de kleine ik ook met een glimlach vol scheve melktanden naar Vader opkeek.

Moeder stak haar hand uit naar Vader. Kleine ik rustte met mijn hoofd gelukzalig op moeders borst en ik sloot mijn ogen.

Het zonlicht warmde ons allen op.

Ik hoorde Vaders hart steeds trager kloppen op het moment dat hij dichter naar ons toeliep en zijn hand uitstrekte naar die van moeder. Er was geen pijn. Er was enkel liefde, trots en geluk.

De handen van mijn ouders raakten elkaar en omklemden zich. Het was een gekoesterde herinnering uit zo velen.

Een die van grote betekenis was geweest voor William.

Mijn hart leek op dat moment te stoppen en ik hapte paniekerig naar lucht.

Wild sloeg ik om me heen en was toen even snel weer teruggekeerd naar de lugubere werkelijkheid waarin ik me bevond.

Ik wenste dat ik terug kon naar die sereniteit, naar dat prachtige moment.

Vader had mij nog steeds niet losgelaten en kronkelde over de houten vloer.

"Vader stop. Je doet me pijn!" riep ik huilend uit.

Dat de wind stiekem maar diep zuchtte door de barsten van de kapotte ruitjes had ik niet in de gaten.

Dat diezelfde wind op slinkse wijze blies en daardoor het gruis in de cirkel op bepaalde stukken uit elkaar waaide, had ik ook niet in de gaten.

De cirkel was verbroken ...

Dat alles op het punt stond om mis te gaan, daar had ik geen aandacht voor, gezien mijn focus alleen op Vader lag.

De vlammen buiten de cirkel die de hut aardig verlicht hadden, doofden in een oogopslag. Enkel de kaarsen in de cirkel brandden nog.

Om ons heen was het duister zoals ik het donker nog nooit eerder ervaren had.

De zwarte spiegel begon te barsten ...

Eerst heel subtiel begon het met een klein scheurtje, totdat hij in duizenden scherven uit elkaar splinterde en mij zelfs op bepaalde plekken in mijn gezicht raakte.

De pijn deerde me niet. Het enige wat ik wilde was hier weggaan. Verdwijnen.

Ik was nog liever dood dan dat ik moest accepteren wat me nu zou overkomen.

Ik had een afspraak gemaakt en ik was bedrogen uitgekomen. Ik had iets verkocht dat niet te koop was.

Ondanks alle waarschuwingen had ik het zo nodig beter moeten weten.

En de prijs zou nu betaald moeten worden ...

Met een stem die hevig aangedaan leek, sprak Vader.

Schurend en hees kwamen de woorden er een voor een uit ...

"Mijn kind ... Wat ... heb ... je ... gedaan?"

Hysterisch als ik was, voelde ik ook een opluchting. Vader was terug gekomen.

"Vader, eindelijk. Ik heb je zo gemist. Ik heb je nodig. Je mag me nooit meer alleen laten! Nooit meer!"

"NEE!" schreeuwde de schorre stem kwaad.
"Schaam je ... zwarte heks ... De doden ... komen ... eraan. Doe ... niet ... open. Binnen ... komen ... ze ... toch ... wel."

Ik kon niet anders dan huilen, in de wetenschap dat Vaders trots die hij altijd voor me gevoeld had, had plaatsgemaakt voor schaamte en walging.
"Vader help me toch. Zeg me wat ik moet doen!"

"Dit ... is ... niet ... meer ... terug ... te ... draaien ...
Aanvaard ... je ... lot ... kind .. Zal ... altijd ... van ... je ... houden."

Zijn krachtige greep verslapte, maar liet me nog niet los.
Overal om ons heen hoorde ik gefluister in het donker.
Geschreeuw van gepijnigde en verdoemde zielen. Het leken er wel honderden, duizenden.
Gevangen in een tijdlus van oneindig lijden.
Ik vroeg me af op welk moment ik een misstap begaan had.
Misschien was het de cirkel geweest en had ik iets op de verkeerde plek neergelegd. Had ik de tekst verkeerd uitgesproken of had Frederika me gewoon een loer gedraaid?
Alsof mijn Vader mijn gedachten kon lezen, sprak hij een laatste keer:

"Duivel ... Mooie ... praatjes ... Meesterbedrieger ... Beter ... moeten ... weten."

De wind huilde om de hut heen, de kieren en naden kraakten hevig en toen hoorde ik een ander bekend geluid.
De treden van de verandatrap kraakten onder het gewicht van zware voetstappen. Het klonk alsof het diegene in kwestie veel moeite kostte om de treden op te komen. De stappen klonken zompig en ze ploften telkens neer.

Daarna volgde een hard gebonk op de deur ... KLOP, KLOP, KLOP.

Het gefluister om ons heen staakte abrupt.

Widow kwam in rap tempo de cirkel ingestormd en plaatste zichzelf voor Vader en mij.

Ze zette haar rug en staart op, plaatste haar oren plat tegen haar nek en blies grimmig de kant van de deur uit.

Ze gromde diep, waarbij er een geluid vrijkwam dat iets weg had van zware donderwolken.

Zo oud als ze was, beschermen zou ze ons.

Er volgde een lange stilte. Daarna weer: BONK, BONK, BONK.

Met een piepende stem, die bijna onverstaanbaar was, vroeg ik: "Wie is daar?"

Op deze vraag wilde ik liever geen antwoord, gezien ik dacht dat degene die daar voor de deur stond geen goede intenties kon hebben.

Weer een stilte. Daarna sprak Vader weer met die gepijnigde stem.

Hij leek het dit keer uit te schreeuwen om kracht bij woord te zetten:

"HET IS MOEDER." ... "MOEDER KOMT VOOR JE REN!"

Hij liet me los en toen ik naar hem keek, zag ik in een korte oogopslag de vader voor me die ik altijd gekend had.

De vader met die kastanjebruine ogen die ik liefhad, die mij liefhad.

Dat dit mijn eigen verbeelding was die mijn getraumatiseerde brein me voorschotelde, kon me niet meer schelen.

Als ik het zelf maar geloofde, was het goed.

Vader zei dat ik moest rennen. Ik zat echter als vastgenageld aan de grond.

Ik kon me niet meer bewegen. De angst had me bevroren.

KLOP, KLOP, KLOP.

"Binnen!" riep ik, zonder er erg in te hebben.

Ik had er ondertussen schoon genoeg van en was de wanhoop nabij.

Ik gaf het op, zonder te vechten. Diegene die me wilde hebben, mocht me komen halen.

Het was mijn verdiende loon en het was het enige wat me nog het juiste leek om te doen.

De deur werd van de vergrendeling gehaald en zwaaide langzaam en piepend open. De schok benam me de adem. Met open mond en grote ogen keek ik naar haar ...

Het was mijn bloedeigen moeder, mijn dode, verdronken moeder. Vader had gelijk gehad.

Het kon met geen mogelijkheid als waarheid aangenomen worden, maar toch stond ze daar.

Haar naakte, opgezette lichaam.

Haar natte, lange haren die tegen haar gezicht en hals kleefden.

Een wit oog en een blauw oog staarden me verdrietig aan.

Langzaam zette ze een paar gewichtige stappen vooruit.

Het water gleed van haar af en drupte op de houten vloer.

Het leek net alsof ze rechtstreeks uit de bodemloze rivier, waarin ze de dood ontmoet had, omhoog gezwommen was, aan land was gekomen en hiernaartoe gelopen was, alsof ze op een doordeweekse avond naar huis kwam.

Ik kon geen woord uitbrengen. Ik kon alleen maar vol afgrijzen in haar ogen staren, die de mijne geen moment loslieten.

Ze leek een teleurgestelde uitdrukking op haar droevige gezicht te hebben, alhoewel dat nog moeilijk te onderscheiden was door de zwelling.

Haar lichaam was nog bijzonder intact gebleven en ik wist dat dit mogelijk was als een lijk onaangetast in het water bleef liggen onder een bepaalde temperatuur. Al mijn kennis had ik in de loop van de jaren uit boeken geleerd.

De dorpelingen hadden nooit de moeite gedaan om naar Moeder te zoeken, terwijl Vader dikwijls zonder succes de oevers af had gezocht of ze daar aangespoeld was.

"Mama, het spijt me zo." Mijn stem stierf jankend af.

Widow was vastberaden mijn schoot opgekropen en zette haar pootjes tegen mijn borstkas.

Onrustig probeerde ze me te troosten in een poging kopjes te geven tegen mijn betraande gezicht.

In een glimp kon ik een beweging achter Moeder waarnemen. Toen ik onzeker langs haar heen keek, zag ik tot mijn ontzetting het ondode lijk van Harvey aan het begin van de verandatrap staan. Bewegingloos bleef hij staan, wachtend op een teken leek het wel.

In de maneschijn die zijn gezicht oplichtte – of wat er nog van over was – zag ik zijn haveloze gelaat zonder kaak of onderkant. Met een arm waarvan de hand ontbrak wees hij mijn kant op.

De huid flapperde in reepjes aan het uiteinde. Het uitstekende bot was zichtbaar.

Hij schudde zijn hoofd in een nee-beweging.

Wat had ik iedereen aangedaan?

Ik had de rust van mijn ouders bruut verstoord ...

Ik had een jongen die me liefhad koelbloedig vermoord ...

Ik kende mezelf niet meer.

"Mijn lieve dochter. Ik ben zo teleurgesteld in je.

Jarenlang heb ik zo mijn best gedaan je op te voeden als een goede, stralende jonge vrouw met het hart op de juiste plaats.

Ik begrijp het niet. Na al mijn waarschuwingen koos je er toch voor om de foute weg in te slaan", sprak mijn moeder met een gorgelende, waterige stem.

"Er is nu nog maar één enkele keuze die er overblijft.

Of de gehoornde komt voor je, of je gaat met mij mee, mijn kind.

Voeg je bij me, in de dieptes van de stilte.

Je zult zielenrust vinden in het lichaam van het water. Je ziel zal vrij zijn.

We zullen allemaal samen zijn. Je kunt de gehoornde nog een stap voor zijn."

Ze stak haar hand naar me uit, zoals ze dat gedaan had in de droom van Vader.

"Kom mijn kind, doe het juiste nu het nog kan. De dood zal je hoe dan ook inhalen. De dood komt snel."

Ik keek opzij. Vader lag roerloos naast me op zijn rug. Hij was niet meer en hij zou nooit meer worden. Ik hoopte dat hij zijn rust weer kon terugvinden. Zijn rust in een leven hierna zonder mij.

De vlammen van de kaarsen rond de cirkel laaiden hoog op. Er cirkelde rook op tussen de kieren van de houten vloer en er lichtte een roodgloeiende mist op.

Het zweet brak me uit.

Het gefluister zwol weer in alle hevigheid aan, de gehoornde kwam innen ...

Voor de laatste keer sloot ik mijn armen om Widow en drukte mijn gezicht in haar zachte, zwarte vacht.

Ze spinde zachtjes.

"Ik houd van je malle poes. Ga naar waar het beter is, vergeet me en vergeef me.

Ik zal je trouw voor altijd bij me dragen."

Ik tilde haar op en mijn hart brak toen we elkaar in de ogen keken.

Ze leek te begrijpen dat onze vriendschap hier tot een einde zou komen.

De hut trilde hevig alsof er een aardbeving plaatsvond en alles op elk moment in elkaar zou zakken. De overgebleven resten van de ruitjes barstten compleet uit elkaar.

"GA!" riep ik huilend op Widow.

Ik zette haar op de vloer en voor ze het raam bereikte, keek ze nog een keer twijfelend naar me om.

"GA!" riep ik nog een keer.

Ze krulde haar staart weelderig en zwiepte die als een afscheidsgroet.

Daarna verdween ze als een verstoten eenling door het gat van het raam.

"Vaarwel mijn vriendin", sprak ik uit.

Alles om me heen begon om te vallen.

Houten planken scheurden en barstten.

Het dodenrijk strekte zijn armen naar me uit.

Daar stond ik dan met het geweten van een moordenaar, de dans van een dodenbezweerder.

En één enkele keuze om te maken ...

WIJSHEDEN VAN WIDOW

Mijn thuis zakte in elkaar alsof het niets was.
Van een afstandje keek ik ernaar. De verzengende hitte die vrijkwam,
voelde ik tot aan de rand van het woud.
De overblijfselen van de oude hut vlogen in brand.
Vlammen in de regen.
Onmogelijk?
Niets is onmogelijk voor het oog dat verder ziet.
Het kind was met de vrouw aan de hand meegelopen.
Ik had haar al een tijd niet gezien, maar bij boze spreuken als
deze draaiden de doden zich om in hun graf en kwamen in opstand.
Eén enkele keer keerden ook de goede zielen terug en zij probeerden
nog goed te doen waar dat mogelijk was omdat hun liefde eindeloos
was, zelfs in het hiernamaals. De halve jongen sjokte achter hen
aan, totdat ook hij in elkaar zakte voordat zijn gehavende lichaam
het woud bereikte.

Moge zijn lieve ziel ongestoorde rust vinden. Liefde gaat over grenzen.
Zelfs de grens van het leven na de dood en het onbegrip als die
liefde niet beantwoord wordt.
Het kind had uiteindelijk voor de makkelijke uitweg gekozen, de
uitweg van een lafaard die niet kon inzien wat er door haar toedoen
gebeurd was.

Ach, je moest haar eens ongelijk geven. Mijn waarschuwingen waren
net zo nutteloos als het vermogen tot het inzien van haar eigen fouten,
totdat het te laat was.

De gehoornde was al onderweg geweest ...
Hij had zijn ondergrondse thuisfront verlaten en zou genadeloos
komen halen wat van hem was, zij het niet dat de ondoorgrondelijke
liefde van een moeder voor haar kind roet in het eten had gegooid.
Ook aan de duivel bleek een uitweg...

Deze plek zou verdoemd zijn, gezien het aangeraakt was door de gehoornde.

Zijn voetsporen hadden de grond vergiftigd en ik zou mijn reste-rende dagen slijten aan de rand van het woud, oplettend dat niemand zijn leven hier zou wagen.

De mens was soms gewoon oerdom en zo makkelijk voor de gek te houden.

In ieder mens zat goed en slecht, maar allemaal zouden ze vatbaar zijn voor gladde praatjes en ondenkbaar mooie beloftes.

Het waren de oude zielen, de dieren en de natuur die de wijsheid in pacht hadden. Als iets te mooi is om waar te zijn, dan is dat meestal ook zo.

Vastberaden volgde ik het pad dat de vrouw en het kind zichtbaar hadden gemaakt met hun voetsporen in de drassige grond.

Het vuur achter me verlichtte voor lange tijd het pad, totdat ik hen bijna ingehaald had.

Mijn hart bleef bij het kind. Wat ze ook gedaan had: ze was mijn kind.

Ik zou altijd van haar houden en onze connectie zou blijven be-staan, gebonden in het universum.

Toch zou ik haar missen en ook over haar waken als ze niet meer in dit leven bestond. De vrouw en het kind bereikten de poel, hun handen nog steeds verstrengeld.

Ze keken elkaar liefdevol aan en stapten het gladde oppervlak van het water in.

De eens rechte spiegel golfde en de trillingen vervaagden de maan die weerkaatste in het wateroppervlak.

Een tijd lang liepen ze door, totdat hun hoofden samen met hun lichamen in het water zakten, om daarna nooit meer te ademhalen.

Ze zouden eenworden met het water, eenworden met de diepte.

Hun zielen zouden vrij zijn.

Vaarwel lief kind, tot een wederzien in het volgende leven.

MIJN DANKWOORD

Dit verhaal was nooit tot stand gekomen zonder de belangrijke mensen die mij gesteund hebben tijdens het schrijfproces. Ten eerste wil ik mijn vader Rico bedanken voor zijn steun. Hij heeft alle vernieuwde pogingen van mijn verhaal telkens met veel geduld doorgelezen en alle spelfouten eruit gehaald. Laten we eerlijk zijn: dat waren er nogal veel. De bijzondere momenten die in dit verhaal beschreven worden, bestaan voornamelijk uit de sterke band tussen een vader en een dochter. Die band is tussen ons in de afgelopen jaren veel sterker geworden. Mijn vader is dan ook de persoon die je voor alles kunt bellen. Niet alleen voor het repareren van een deurklink, het aanleggen van een tuin of het installeren van een gasfornuis, maar ook tijdens de hoogte- en dieptepunten die een jonge vrouw in het leven tegenkomt. Weet je nog toen je grapte: op een dag breng jij je eigen boek nog eens uit? Nou pap, hier is hij dan.

Ook wil ik mijn moeder Mariëlle bedanken voor haar onverwoestbare vertrouwen in mijn kunnen. Zoals je misschien al hebt opgemerkt beste lezer is een van de belangrijkste hoofdpersonen de zwarte kat Widow. Vaak heb ik tijdens het schrijven aan mijn moeder gedacht. Aan haar liefde zonder grenzen voor haar eigen huisdieren. Eenieder die een hart van goud heeft en enkel aan anderen denkt, weet dat een trouwe viervoeter aan je zijde je leven verrijkt. Ik kan dan ook alleen maar zeggen: mam, jij hebt zo'n hart en ik heb niets dan bewondering voor het mens dat je bent. Ondanks dat je niet van lezen houdt, heb je urenlang naar dit verhaal geluisterd en je eerlijke mening gedeeld. Bedankt voor alles.

Mijn stiefvader Wayne kocht mij vorige kerstmis een lederen notitieboekje en vulpen met een rode veer. Dit was bedoeld om nieuwe verhalen te schrijven. Hier ontstond dan ook het verhaal

Dans van een dodenbezweerster. Op de kaft gegrafeerd: geloof in jezelf. Jij gaf dan ook de doorslag om niet op te geven bij tegenslagen en praatte me moed in om een boek te laten uitgeven. Dank voor je geloof in mij na al die lange jaren.

Mijn goede vriend Donny Blomen wil ik ook graag bedanken voor het ontwerpen van de cover.

Ten slotte bedank ik jou, lieve lezer. Jij bent degene die mijn droom tot werkelijkheid maakt, enkel door mijn verhalen te lezen. Ik hoop dan ook dat het je raakt op een manier zoals enkel een goed verhaal dat kan doen.

HERZ FÜR AUTOREN A HEART FOR AUTHORS À L'ÉCOUTE DES AUTEURS MIA KAPΔIA ΓIA ΣΥΓΓP
ARTA FÖR FÖRFATTARE UN CORAZÓN POR LOS AUTORES YAZARLARIMIZA GÖNÜL VERELIM SZÍ
ORE PER AUTOR(ET HJERTE FOR FORFATTERE EEN HART VOOR SCHRIJVERS TEMOS OS AUTC
ERZÖINKÉRT SERCE DLA AUTORÓW EIN HERZ FÜR AUTOREN A HEART FOR AUTHORS À L'ÉCOU
RAÇÃO BCEЙ ДУШОЙ K ABTOPAM ETT HJÄRTA FÖR FÖRFATTARE Á LA ESCUCHA DE LOS AUTOR
UTEURS MIA KAPΔIÁ ΓIA ΣΥΓΓΡAΦEIΣ UN CUORE PER AUTORI ET HJERTE FOR FORFATTERE EEN I
ARLARIMIZ A G V ERZÖINKÉRT SERCE DLA AUTORÓW EIN HERZ FÜI
OR SCHRI OS ORAÇÃO BCEЙ ДУШОЙ K ABTOPAM ETT HJÄRTA FÖ

De auteur

Nadia Schluter, geboren op
8 mei 1995 in Sittard, is een crea-
tieve geest met een diepe genegen-
heid voor lezen en schrijven. Samen
met haar zwarte kat woont ze te
Stevensweert in het schilderachtige
Limburg. Na haar opleiding voor
maatschappelijk werker ging ze aan
de slag in de gehandicaptenzorg. Nu
is ze werkzaam als nachtdienst in de psychiatrie.
Haar vrije tijd brengt ze door met lezen, schrijven
en reizen. Daarnaast houdt ze zich ook graag bezig
met het inrichten van haar woning, vanwege haar
interesse voor ruimtelijke vormgeving. Al vanaf
haar vroege levensjaren heeft de schrijfster een
passie voor het horrorgenre. Dit uit ze door het
schrijven van verhalen. Ze debuteerde met The
dark assailant, een kortverhaal dat online is verschenen en goed werd ontvangen. Dans van een
dodenbezweerster is haar tweede publicatie. Het
angstaanjagende verhaal is een aanrader voor wie
van griezelen houdt.

De uitgeverij

> **Wie ophoudt
> beter te worden
> is opgehouden
> goed te zijn!**

Op basis van dit motto zoekt uitgeverij novum steeds nieuwe manuscripten! Ondertussen zijn wij in Nederland, Duitsland, Oostenrijk en Zwitserland dé specialist voor nieuwe auteurs.

Elk manuscript dat wij ontvangen wordt gratis door onze redactie beoordeeld.

Meer informatie over onze uitgeverij en over onze boeken kunt u op online vinden onder:

www.novumpublishing.nl